Warten

auf

Wolfgang

Roman

Martin Hotz

Übersicht   **Kapitel**

Erster Teil
Im ‚Friedberg'
Patrizia und Melanie   1 - 2

Zweiter Teil
Wolfgang und Cédric unterwegs   3 - 6
Unfall

Dritter Teil
Cédric in Amerika   7 - 9
Elinor Thompson und ihre Mutter

Vierter Teil
Rückkehr in die Heimat   10 - 11
Wo ist Wolfgang?

Fünfter Teil   12 - 14
Ein rätselhafter Brief

Sechster Teil
Melanie auf Wahrheitssuche   15 - 20
 Staunen im ‚Friedberg'
In der Freude liegt die Wahrheit

Erster Teil

1

Täglich um halb zwölf läutete die Kirchenglocke. Wenn Patrizia den dumpfen Ton hörte, wusste sie, es war Mittagszeit, Zeit zum Essen. Schwester Melanie war schon da, half ihr beim Wechsel vom Korbsessel in den Rollstuhl und öffnete die Zimmertüre. In den Korridor des Pflegeheims kam Bewegung. Aus den Türen erschienen die gebrechlichen Menschen, an Stöcken, allein oder geführt von einer Schwester oder einem Pfleger in weissem Gewand. Es dauerte eine Weile, bis alle zehn sich im Essraum eingefunden hatten.
Eine Stunde später war die Kontrollfrage einer Schwester zu hören:
Was gab es zu essen?
Zu essen?
Patrizia zog die Brauen hoch.
Vor Wochen antwortete sie:
Gemüsesuppe, Kartoffelstock, Pouletschnitzel, Kohlräbli. Zum Dessert Schokoladencrème.
Irgend einmal schlichen sich diese Wörter ins Gedächtnis ein und waren so rasch nicht zu vergessen. Nach beiläufig gestellten Kontrollfragen zählte sie die gleichen Wörter auf: Pouletschnitzel, Kohlräbli, zum Dessert Schokoladencrème. Es kam vor, dass das eine oder andere Wort verloren ging. Sie kannte mit der Zeit nur noch eine Mahlzeit: Gemüsesuppe. Pouletschnitzel. Sie freute sich über ihre Strategie des Wiedererinnerns und ahnte nicht, dass diese vom Fachpersonal mit einem Lächeln längst durchschaut wurde.
Sie wehrte sich anfänglich, ins Pflegeheim einzutreten, es gab jedoch keine andere Lösung. Es sei das Beste für sie, sagte der Arzt, und Gutgesinnte in ihrer Umgebung sagten es auch. Vor zwei Jahren lebte sie noch in ihrem Haus, allein,

zurückgezogen. Ihr Mann starb vor mehr als zwanzig Jahren. Oder war es länger? So genau wusste sie es nicht mehr. Und der Sohn, ja der Wolfgang, der wanderte aus und kam nie wieder zurück. Ob er noch lebt? Ihre Erinnerungen an ihn waren gespeichert wie in einer Datenbank. Der Prozess des Suchens gelang noch gut, doch es mischten sich in den Vorgang des Suchens neue Erfahrungen.

Viele Jahre im Eigenheim. Dann die Krankheit im Kopf. Der Hirnschlag, der Hilflosigkeit auslöste. Der Aufenthalt im Spital und schliesslich der Einzug in ein Einzelzimmer, das grösser war als andere. Es war sonniger, dafür auch teurer. Bestimmung war, in diesen vier Wänden die letzte Phase des Lebens zu verbringen. Bis zum Tod, der in kurzen Zeitabständen, immer überraschend, im Pflegeheim seine Ernte einfuhr.

Sie lebte in einer kleiner gewordenen Welt, in wechselnder körperlicher und geistiger Verfassung: einmal müde, ungeduldig, appetitlos, interessiert an den Nachbarn am Mittagstisch. Ein anderes Mal abweisend gegen das Personal, dann wieder zugänglich, weltoffen, schmerzfrei, liebeshungrig, dankbar.
Sie konnte noch selbständig essen. Andere assen wie kleine Kinder und hatten das Bedürfnis nach Kommunikation verloren.
Wer war Patrizia?
Ist es möglich, biografische Linien aufzuhellen?

2

Schwester Melanie sagte:
‚Du musst viel trinken, sonst nehmen deine Kräfte ab."
‚Ich trinke viel,' sagte sie.

‚Siehe, hier habe ich eine Tabelle, wo die tägliche Trinkmenge aufgeschrieben ist.'

Schwester Melanie hatte eine gute Figur, ein hübsches Gesicht, schwarze Haare. Ihre Mutter war eine Südafrikanerin, der Vater ein Schweizer. Sie war verheiratet gewesen mit einem Genfer. Die Ehe wurde vor zehn Jahren geschieden, ihr einziger Sohn Hendrik lebte beim Vater. Sie selbst wohnte in einer Eigentumswohnung in der Nähe des Pflegeheims. Sie lernte ursprünglich Krankenschwester, holte später die Matura nach, studierte Jus und hatte in der Stadt am grossen Fluss eine Anwaltspraxis. Nach zwanzigjähriger Berufserfahrung wollte sie das Leben von einer neuen Seite kennen lernen. Sie nahm Urlaub und kehrte in den ursprünglich gelernten Beruf zurück, was viele nicht verstanden. Für eine begrenzte Zeit verpflichtete sie sich, im Pflegeheim ‚Friedberg' zu arbeiten.

Melanie lachte viel, obwohl es nicht viel zu lachen gab. Sie liebte die Menschen und half ihnen manche Schwierigkeiten zu überwinden. Sie hatten ein Recht auf gute Pflege, auf Verständnis, auf Linderung der Schmerzen, auf Abwechslung und Unterhaltung. Der Tag hatte geregelte Abläufe. Tagwache, Waschen, Frühstück, Toilette, Therapie, Mittagessen, Schlaf, Kaffeestunde mit volkstümlicher Musik auf Kassetten. Dem Alter angepasste Gesellschaftsspiele, Nachtessen, im Sommer Abendspaziergang. Jene, die Lust hatten, hörten noch Radio oder sahen fern. Die Zimmer besassen keine Toilette. Für Patrizia war es eine unangenehme Stunde, den Toilettenraum aufzusuchen. Oft war die Schüssel nicht sauber und ein Gestank lag in der Luft. Einmal lag Kot auf dem Boden. Schwester Melanie kam sofort, es wurde wieder sauber. Wenn Patrizia körperlich geschwächt war, die Fähigkeit des Vergleichens hatte sie nicht verloren. Sie beobachtete, was andere taten. Sie deutete im stillen die Worte, die sie vom Personal hörte oder von Patienten, die noch in guter Verfassung waren. Sie folgte den Blicken armseliger Gestalten, die stundenlang auf einem Stuhle vor sich hinstarrten oder mit offenem Munde in die

Ferne schauten. Es fiel ihr schwer, längere Episoden aus dem Langzeitgedächtnis abzurufen.

Sie hatte einen Sohn, der in die Fremde zog und nie mehr zurückkehrte. Manchmal kam der Schmerz wieder hoch. Sie tröstete sich, sie werde ihn in einer anderen Welt wiedersehen. Vor dem Eintritt ins Pflegeheim hatte sie ihr Einfamilienhaus zu einem fairen Preis verkaufen können. Schwester Melanie hoffte, sie werde die Geschichte über Patrizias' Sohn eines Tages genauer zu wissen bekommen.

Patrizia schlief viel, träumte oft. Sie wusste nicht, ob andere auch träumten. Sie meinte, im Alter träume man weniger. So viele Reize kommen während des Tages nicht mehr auf die Seele zu.

Sie sass in einem Stuhl im Aufenthaltsraum. Volkstümliche Lieder ertönten. Seltsame Gedanken hatte sie. Es war alles so traurig hier, farblos und eintönig, immer die gleichen zeitlichen Abläufe, ein Nachmittag ohne Höhepunkte. Sie schlief ein.
Schwester Melanie stand neben ihr. Sie berührte die Schlafende an der Stirne und glitt mit ihren Fingern über die Wange. Patrizia schlug die Augen auf. Es brauchte eine Weile, bis sie sich zurechtfand. Es war erstaunlich, wie selten sie über ihren Sohn etwas verlauten liess.

Die Schwester hoffte, Neues zu erfahren. Sie sagte:
„Hast du geträumt?"
„Geträumt?"
„Ich träume nicht mehr."
Nach einer Pause der Besinnung fuhr sie fort:
„Oder doch?"
Sie lachte und sagte. „Ich sah einen Mann in unserem Raum, einen Zauberer."
„Wo war er?"

„Hier an diesem Tisch. Er war geschminkt. Er trug einen roten Hut und eine karierte Jacke. Wir lachten, als er hereinkam. Und noch mehr lachten wir über seine Spässe. Jeder Person reichte er die Hand. Sogar Scheue berührten seine Knollennase."
Zweifellos freute sie sich, einige Fetzen ihres Traumes erzählt zu haben. Sie drängte nicht, den Bericht zu verlängern. Sie war zufrieden, wenn Melanie zuhörte.
Nachts konnte Patrizia gut schlafen. An Föhntagen schluckte sie Pillen.
An einem Abend sass Melanie an ihrem Bettrand und sagte:
„Du hast einen Sohn."
Sie stotterte: „Ich hatte...Er ist nie zurückgekehrt. Er hatte versprochen zu schreiben, aber nie traf ein Brief ein."
„Er zog in den hohen Norden oder nach Amerika."
„Ja, das sagte er. Niemand weiss, ob er noch lebt."
Melanie wollte die ganze Geschichte hören, die ihre Mitschwestern nur aus kleinen Episoden kannten. Sie fragte: „Und der Brief aus Amerika?"
Patrizia öffnete die Schublade des Nachttisches und kramte einen Brief heraus. Vergilbt und abgegriffen war er.
 „Hier! Es war die Anfrage eines Mannes, der Cédric Musy hiess."
„Was wollte der?"
„Die Adresse meines Sohnes. Und ich wusste sie nicht."
„Wann kam der Brief?"
„Ich war noch in meinem Haus. Und Jahre später kam er persönlich."
„Wer?"
„Dieser Musy. Er sagte, er habe Wolfgang auf der Hinreise kennen gelernt. In der deutschen Hafenstadt, wo sich ihre Wege trennten, habe er einen Verkehrsunfall erlitten."
 Sie zuckte mit den Lippen und schlug die Hände zusammen. Dann fuhr sie fort:
„Es war kaum zu glauben, einige Jahre später wurde mir ein Geldbetrag überwiesen."
Schwester Melanie schwieg. Patrizia war verwirrt und verbarg ihre Tränen nicht. Sie erinnerte sich an den Abschiedstag des Sohnes. Sie war damals schon Witwe. Der Gedanke, jetzt

allein zu sein, war nicht leicht. Es war unmöglich, ihn zu beeinflussen, wenigstens im Lande zu bleiben. Ein harter Schädel wie der Vater. Ein doppelter Widder. Vor seiner Abreise noch eine Aufnahme. Der Nachbar hatte eine Kamera. Das Foto lag jahrelang, eingerahmt, in vergrösserter Form, auf ihrem Nachttisch. Je länger Wolfgang weg war, desto weniger warf sie einen Blick auf dieses Bild.

Zweiter Teil

3

Alles war ihm zu eng. Er musste weg, weit weg. Amerika kam in Frage, aber auch der Norden Europas. Nach der Rekrutenschule lernte er während einer Studienreise eine Schwedin kennen. Die Freundschaft war von kurzer Dauer. Das Resultat dieser Verbindung war wenigstens eine minimale Erweiterung seines Wortschatzes in schwedischer Sprache.
Er hatte gespart und glaubte, die Anfangsschwierigkeiten mit Leichtigkeit überwinden zu können. Die Zeit zum Mittagessen war heute früher angesetzt als sonst. Die Mutter wusste, um halb eins wird er mit Koffer und Tasche zum Bahnhof gehen und wegfahren.

„Hast du keinen Hunger? Iss!"

„Es schmeckt gut," sagte er.

Auf dem Teller sah er den Schübli und den Kartoffelsalat. Er war seit seiner Kindheit überzeugt, bei der Mutter den besten Kartoffelsalat der Welt zu essen. Heute hatte er keinen Appetit. Von der Wurst schnitt er eine einzige Scheibe ab.

„Ist alles in Ordnung? Hast du nichts vergessen?"

Zu oft hörte er solche Fragen.

„Trinke, es ist neuer Most! Ich habe ihn persönlich beim Bauer Enzler geholt."

Er trank in einem Zug das Glas leer. Die Atmosphäre war bedrückend, die Spannung fast unerträglich. Es war für beide so schwierig zu sagen, was im Innersten sie bewegte.
Gedanken auf der einen Seite: ‚Du musst deinen Weg finden. Bedenke, du hast im Leben einen Auftrag zu erfüllen, versuche ihn zu erkennen. Was du auch tust und wo du dich aufhältst, bekämpfe nicht die Schwächen, entwickle deine Stärken. Kein Mensch ist überflüssig. Was dir auch zustösst in der Fremde, vergiss nicht, dass nach der Nacht ein heller Morgen folgt.'

Und Gedanken auf der anderen Seite: ‚Es ist gut, bald nicht mehr Sprüche und Wünsche hören zu müssen. Vertraue mir! Meinen eigenen Weg werde ich finden. Ich gebe ein Zeichen, wenn die Zeit dazu gekommen ist.'
Abschied nehmen, das müsste gelernt werden. Sie waren Ungeübte. Der Schmerz war bei der Mutter tiefer. Wann gibt es ein Wiedersehen? Warum geht er weg?
„Gib mir den Schlüssel zur Wohnung, du brauchst ihn nicht mehr."
„Ich habe ihn auf die Kommode gelegt," sagte er.
„Hier noch ein Startkapital für die Reise."
Sie sprach vor einigen Tagen von diesem Kapital, ohne die Grösse zu verraten.
„Das ist eine Überraschung! Danke!"
Sie überreichte ihm eine lederne Geldtasche, die er im Gepäck versorgte.
„Schreibe, wie es dir geht!"
Er nickte.
„Ich werde antworten," sagte sie.
Beiden gingen viele Bilder durch den Kopf.

Nach dem Essen öffnete er noch einmal den Koffer. Zuoberst lagen Hemden. Das Öffnen und Wiederschliessen geschah aus einer Unsicherheit heraus. Als er das Haus verliess und die Gartentür schloss, schaute er noch einmal zurück. Die Mutter winkte. Er dachte: Jetzt habe ich den Abschied hinter mir gebracht. Es war so schmerzlich, wie erwartet. Noch mehr Szenen dieser Art wären nicht zu überleben.

4

Auf dem Weg ins Ungewisse. Die Zollkontrolle hatte er hinter sich. Die Papiere waren in Ordnung. Der Zug fuhr nordwärts, dem Meere zu. Wolfgang hatte keine Ahnung, was auf ihn zukam. An Schlaf war nicht zu denken. Das Rattern war anfänglich ein angenehmes Geräusch, es verlieh ihm das Gefühl, vorwärtszukommen, einer neuen Welt entgegenzufahren. Mit der aufsteigenden Müdigkeit wurde die Fahrt unbequem. Er musste eine körperliche Stellung herausfinden, die das Befinden verbesserte. Wolfgang wollte schlafen und vergessen. An eine Rückkehr war nicht zu denken. Die Abschiedsszene schmerzte noch immer.

Durch die Scheiben sah er Felder und Wälder, Dörfer und Höfe. Oft sauste der Schnellzug an einsamen Bahnhöfen vorüber, die gewiss scheussliche Wartsäle besassen wie in der Heimat. Er war nicht der Typ, der reden wollte. Ihm gegenüber sass ein Mitreisender, der ihn ignorierte. Nicht einmal ein Gruss kam über seine Lippen. Mit gekrümmten Rücken hockte er auf der Holzbank und blickte misstrauisch in die Welt, als wäre die Reise eine Zwangsfahrt, weder ein Vergnügen noch ein freudiger Aufbruch.

„Du fährst allein?" sagte der Unbekannte nach einer Stunde eintöniger Fahrt. Endlich ein Zeichen, dass kein Stummer vor ihm sass.
Wolfgang nickte.
„Und du? Wie ist dein Name? Ich heisse Wolfgang Marty."
„Mein Name ist Cédric Musy. Woher kommst du?"
„Aus Urnen. Und du?"
„Aus Raboud. Das ist im Freiburgischen."
Er blickte zum Fenster hinaus. Nach einer Weile sagte er:
„Abschiedsschmerzen?"
„Ja, und wie! Die Mutter weinte."
„Und der Vater?"
„Er starb vor vier Jahren. Und wie war's bei dir?"
„Die Mutter hatte nie Zeit für mich. Einen Vater kannte ich nie. Der Abschied war leicht."
Der Wortwechsel war abgeschlossen. Der Zug ratterte. Bald wird Nacht sein. Eine Spur von Neugier flackerte über

Cédrics Gesicht. Unglaublich, mit welcher Naivität dieser Wolfgang sich verriet. Er gab sofort den Namen preis und den Ort, woher er kam. Noch in seiner Welt befangen, in seiner Rolle, ohne zu ahnen, dass eine Welt auf ihn zukommt, die seine Rolle ignoriert. In der eigenen Welt nicht gefestigt. Seine Stimme deckte eine Unsicherheit auf, die Cédric sofort spürte.

Der lange Tag des Abschieds ging dem Ende entgegen, ein Tag der Wehmut und der Trauer. War das ein Grund, jetzt zu schweigen? Ein Verlangen, über den andern mehr zu erfahren, führte zum Reden:

„Dein Reiseziel?"

„Zur grossen Stadt am Meer. Und du? Wohin zieht es dich?"

„Nach Amerika," sagte Wolfgang. Er sah, wie der Nachbar die Stirn runzelte. Er traute ihm nicht.

Ihm war, er hätte ein Wort über die Lippen gebracht, das den andern ärgerte.

„Ist das die Wahrheit?"

„Warum darf das nicht die Wahrheit sein?" sagte Wolfgang.

„Kannst du Englisch?"

„Ja. Ich kann sogar ein paar Worte Schwedisch. Und du?"

„Ich kann mich verständigen. Wirst du nicht seekrank? Was willst du in der neuen Welt arbeiten?"

„Ich lasse alles auf mich zukommen."

„Es ist ein Wunderland. Doch ohne Geld und Beziehungen ist schon mancher gescheitert."

„Es werden viele Geschichten erzählt."

„Hast du keine Verwandten oder Bekannten, die dich erwarten?"

„Ich lüge, wenn ich sage, ich kenne einen Stützpunkt, von dem aus ich operiere."

„Die Zollbehörde wird dich gründlich durchleuchten."

„Woher weisst du dies?"

„Von einem Freund, der enttäuscht zurückkam."

Wolfgang spürte, wie der andere aufhorchte, als er das Wort 'Amerika' aussprach. Warum löste es eine seltsame Reaktion aus? Cédrics Ziel war die grosse Hafenstadt. Hat er in seiner Tasche den Arbeitsvertrag einer Firma? Bleibt er in dieser Stadt oder bummelt er durch die deutschen Lande, so lange das Geld reicht? Vielleicht reist er nach Norden weiter, nach Schweden.

In diesem Burschen Cédric gab es einen undurchsichtigen Kern, der, so meinte Wolfgang, nicht mit einer direkten Methode, sondern nur tastend zu erkennen wäre. Die Ereignisse der letzten Tage gingen ihm erneut durch den Kopf, und warum er diesem Freiburger nach diesem ersten Gespräch kein Vertrauen schenken konnte, wusste er selber nicht.

Der Zug pfiff durch die schwarze Nacht. Der Dämmerschein im Wagen lud zum Schlafe ein. Über die beiden legte sich ein Schweigen. Die ausgetauschten Worte weckten wenig Vertrauen. Zieht der eine wirklich nach Amerika, und das Ziel des andern - eine deutsche Stadt? Während der Fahrt war von Cédric ein krächzender Laut zu hören, der nach einer Weile sich in ein stöhnendes Geräusch verwandelte. Wolfgang blickte auf und sah, wie sein Nachbar mit den Händen das Gesicht bedeckte, wie um seine Tränen zu verbergen. In diesen Sekunden dachte er an seine Mutter, die sich wahrscheinlich zuhause heimlicher Tränen nicht schämte und zur Linderung der Abschiedstrauer die Nachbarin zum Essen eingeladen hatte.

Es ging gegen den Morgen zu. Wolfgang musste aufs Klo. Er stand auf, streckte die Beine, dann öffnete er die Türe und verschwand im Gang. Als er zurückkam, fiel ihm eine Veränderung auf. Eine Veränderung bei seiner Tasche und eine körperlich veränderte Stellung bei Cédric. Die Beine waren nicht mehr übereinander geschlagen. Die Schläfrigkeit war aus seinem Ausdruck verschwunden. Was war geschehen? Wolfgang schwieg, versuchte, durch Beobachtung herauszufinden, was während seiner Abwesenheit sich verändert hatte. Die Tasche war leicht verschoben, und Cédric hockte nicht mehr zusammengekrümmt in seiner Ecke am Fenster. Kam dieser Freiburger in die Versuchung, sein Gepäck zu untersuchen, während er draussen auf dem Klo hockte? Das durfte nicht wahr sein. Rasch vertrieb er diesen Gedanken, der dem Mitfahrer voreilig etwas unterstellte, das nicht zu überprüfen war. Es war leichtsinnig, sagte er sich, ohne die Brieftasche hinauszugehen. Aus dem Mikrophon kam eine unverständliche Ansage.

„Bald sind wir am Ziel," sagte Wolfgang, setzte sich neben den Reisesack, öffnete ihn und erschrak. „Hier hat jemand meine Tasche herausgenommen." Er starrte auf Cédric.

„Ich bin dieser Jemand, wer könnte es sonst sein!" In seiner Stimme lag ein Triumph. Er stand auf. Auf dem Sitz, hinter seinem Rücken, lag die lederne Brieftasche.

„Hier hast du sie! Du kennst keine Vorsicht. Wenn du so blind durch die Welt fährst, hast du bald keine Habseligkeiten mehr."

„Du wolltest mich prüfen," sagte Wolfgang empört, „das ist ein schlechter Scherz. Du hast mein Gepäck geöffnet. Das ist..."

Cédric versuchte seine Handlung zu rechtfertigen. „Ich wollte dich warnen. Hier hast du die Brieftasche wieder."

„Ist die Welt voller Diebe und Halunken?"

„Wenn du nicht vorsichtig bist, setzest du dich Gefahren aus."

„Wie ist die Welt?"

„Ich weiss es nicht. Ich suche zu erfahren, wie sie ist."

„Wie lange bleibst du in der Stadt?"

„Zwei Tage," sagte Cédric. „Und wann heult dein Schiff los?"

„Ich muss mich erkundigen."

„Sehen wir uns noch einmal?"

Wolfgang hatte nicht den Mut, ihm eine Absage zu erteilen. „Wenn du willst. Ich habe in der Nähe des Hafens die Adresse eines Hotels. Du kannst dich melden, wenn du willst. Vielleicht wirst du mich finden."

Wolfgang nannte ihm den Namen des Hotels und die Strasse. Sie vereinbarten die Stunde des Treffens.

„Du hast noch Zeit, den Sprung nach Amerika zu überlegen."
„Du zweifelst?"
„Schon mancher schreckte vor der grossen Schiffsreise zurück. Ich selbst weiss nie, ob ich meine Pläne über den Haufen werfe."
„Du möchtest in dieser Hafenstadt bleiben, sagtest du."
„Du hast mich missverstanden, wenn du glaubst, ich bleibe hier," sagte Cèdric.

Wolfgang beäugte den Landsmann, so wie ein Hund in seiner Heimat einen neuen Briefträger beäugte. Dieser junge Freiburger, der gut deutsch sprach, war jetzt auf einmal ein offener Kerl. Erstaunlich diese Veränderung! Er war nicht mehr der schläfrige, neugierige, immer besser wissende Typ, von dem man nicht zu wissen bekam, was er im Schilde führte.

In der Bahnhofhalle angekommen, trennten sich ihre Wege. Der eine ging zu den Taxiplätzen, der andere verschwand mit seinem Gepäck im Bahnhofbuffet. Während der Zugfahrt hatten beide keine Lust, über ihre Herkunft, ihre Ausbildung Näheres zu verraten. Noch weniger fanden sie Gründe, ihre Pläne preiszugeben.

5

Eine Flut von Eindrücken überschwemmte Wolfgang. Er hatte noch im Zug ideale Vorstellungen über die neue Welt. Die Hektik dieser Stadt löschte den letzten Rest heimatlicher Gedanken aus. Erste Beobachtungen riefen Staunen hervor. Er spürte Gegensätze und Widersprüche.
Nach dem Mittagessen ging er auf sein Zimmer, das in einer Privatwohnung neben dem Hotel sich befand. Im Hotel selbst war kein Zimmer mehr frei. Er war müde, legte sich aufs Bett und kreuzte die Arme. Er schlief ein und träumte.

Cédric bedrängte ihn am Hafen. Sie bestaunten das Schiff, das in zwei Tagen den Hafen verlassen wird.
‚Bleibe hier, ich trete an deiner Stelle die Seefahrt an! Zahle mir das Ticket!'
‚Hast du kein Geld?'
‚Für die Überreise nicht,' sagte er.
„Dann bleibe in deutschen Landen.'
‚Ich will nach Amerika.'
‚Du bist verrückt. Arbeite so lange, bis du das Reisegeld beisammen hast!'
‚Es ginge auch leichter. Ich sah im Zug das Geld in deiner Tasche.'
‚Es ist mein Geld.'
‚Kannst du nicht grosszügig sein?'
‚Was willst du?'
‚Ich will die Stärke deines Widerstandes prüfen.'
‚Wie soll das geschehen?'
„Jede Bedrohung musst du frühzeitig erkennen.'
, Du bist mir nicht gut gesinnt.'
‚Wenn du dich nicht wehrst, wirst du untergehen.'
Am liebsten hätte Wolfgang ihm die Türe zugeschlagen.
Das war der Moment des Erwachens.

Zur vereinbarten Zeit wartete Wolfgang vor dem Hoteleingang.
‚Kommt er, oder kommt er nicht? Es war dumm von mir, ihm Hotel und Strasse anzugeben. Was will er?'
Die vorübergehende Entwendung des Geldes, war dieser Vorgang nur ein warnendes Signal zur Vorsicht? ‚Ich werde ihm auf den Zahn fühlen.'

Die inneren Stimmen brachen abrupt ab, als Cédric auf ihn zukam.
„Da sehe ich dich wieder, du Ausreisser," sagte er in abschätziger Laune.
„Und du aus dem Freiburgischen, was hast du vor?"
„Nichts, gar nichts. Ich geniesse den Augenblick. Die Stadt ist wunderschön, noch fremd ist mir das Nachtleben."

„Das will ich nicht kennen," sagte Wolfgang.
„Das verstehe ich. Du willst nach Amerika. Ich bezweifle dein Vorhaben."
„Warum?"
„Du wirst dort nicht bestehen."
„Du spielst dich als Hellseher auf?" Für Wolfgang völlig unerwartet kam die Attacke:
„Bleibe hier! Ich wäre fähig, die Neue Welt aufzusuchen. Zuerst geht die Fahrt zu den Kanarischen. Wie wäre es mit einer Spende aus deiner prallgefüllten Geldtasche?"
„Das fällt mir nicht im Traume ein," rief Wolfgang entrüstet aus.
„Bist du nicht willig, brauche ich..."

Im Vorhof des Hotels spielten Kinder. Sie unterbrachen das Spiel und glotzten auf die beiden.
„Ich sag es dem Hoteldirektor, was du vorhast."
„Es gibt hier keinen Direktor. Verschone die Dame am Eingang mit deinen privaten Anliegen!"
„Alle Hotelzimmer sind belegt. Ich habe ein Zimmer in einer Privatwohnung neben dem Hotel."
„Ich begleite dich."
„Ich bleibe hier."
Jetzt erkannte er die Gefährlichkeit seiner Lage. Dieser Cédric war ein gemeiner Kerl Und dieser Kerl drohte: „Gib mir den Zimmerschlüssel, ich werde dein Gepäck untersuchen."
Wolfgang zitterte, als er die Augen des Angreifers sah. Es war eine Attacke von einem Landsmann, der in seinen Augen kein Landsmann mehr war. Er hatte es auf sein Geld abgesehen, auf das Geld von der Mutter. Dieser Kerl ist imstande, mit einem Schlage seine Pläne zu zerstören.
Er sagte sich: ‚Ich bin doch stark genug, ihn abzuwehren.'
Er dachte an die Mutter, die es lieber gesehen hätte, er wäre im eigenen Lande geblieben. Es wurde ihm klar: ‚Ich gehe zum Hoteleingang und bitte um Hilfe.'
Es gelang ihm, sich einige Meter von Cédric zu entfernen.

„Was ist hier los?" fragte der Portier vor dem Eingang. Er blickte auf den Ankömmling und wusste nicht, was dieser wollte.
„Rufen Sie die Polizei?" rief Wolfgang. Es war die Bitte eines Verzweifelten.

Er überblickte die Lage und sagte zum Begleiter des Rufers, indem er auf Wolfgang zeigte: ‚Dieser hat privat ein Zimmer gefunden. Im übrigen wird hier die Polizei nicht so schnell gerufen."
Cédric drohte mit veränderter Stimme, als wäre nichts geschehen:
„Ich komme wieder!"
Er drehte sich um und verschwand um die nächste Hausecke.
„Hatten Sie Angst vor ihm?" fragte der Portier.
„Er ist unberechenbar."
„Wer ist es?"
„Ein Landsmann."
„Was treibt ihn dazu, Sie zu bedrängen?"
„Die Geldgier."
„Bei Schweizern nichts Neues."
Die Bemerkung kränkte ihn, er sagte:
„Vielleicht beschäftigen ihn andere Dinge. Ich weiss nicht, warum er so aggressiv geworden ist."
„Sie glauben, er komme wieder?"
Fragen schmerzten. Langsam wurde ihm bewusst, wie er durch seine Leichtgläubigkeit sich selbst eine unangenehme Lage geschaffen hatte. Er machte sich Vorwürfe.
„Ich war nicht klug, ich war dumm", sagte er, und der Portier antwortete:
„Warum diese Feindseligkeit? Es fällt Ihnen doch gewiss etwas Gescheites ein, diese Beziehung zu beenden."
Der Portier zeigte ein bitteres Lachen und verriet nicht, welche Gedanken in diesem Augenblick ihm durch den Kopf gingen. Wolfgang verliess den Eingang und suchte im Nachbarhaus sein Zimmer auf. Es war dort lange Zeit still.

6

Stunden später in der Altstadt. Wolfgang schaute vor einem Kinoeingang die Plakate an. Er hielt an vor Schaufenstern, vor Speisekarten der Bars und Restaurants, vor Reklamen und Rotlichtern, ohne zu wissen, was die Lichter zu bedeuten hatten.
„Da bist du wieder!"
Wolfgang erschrak, als er hinter seinem Rücken Cédrics Stimme hörte. Seine Muskeln spannten sich an.
„Was willst du?"
„Ich habe mich erkundigt, wann ein Schiff nach Amerika von Stapel geht."
„Ich bleibe hier," sagte Wolfgang trotzig.
„Dennoch sage ich es dir: Am Samstag, also in zwei Tagen, morgens um zehn."
„Es interessiert mich nicht."
„Im geheimen wünschest du, schon dort zu sein."
„Du weisst mehr als ich," sagte Wolfgang.
„Ich bin so höflich und erleichtere dir die Abreise. Für die Weitergabe meiner Fahrplankenntnisse solltest du dankbar sein."
Es war unerträglich. Warum hatte er sich auf diesen Menschen eingelassen?
Warum diese hartnäckige Verfolgung? Die Höflichkeit war vorgetäuscht. Nicht vergessen war die Bedrohung vor dem Hoteleingang. Dieser Cédric hatte Eigenschaften, die jeden andern auch zu schaffen gemacht hätten.
Es war eine ungewöhnliche Lage, in die er sich hineinmanövrieren liess.

Die Sprache des andern war nicht seine Sprache. Sie war drohend, absolut, verstellte die Wirklichkeit. Es triumphierte das Recht des Überlegeneren.
Sie zogen einige Schritte weiter.
In der Nische eines Bankgebäudes war ein Bistro. Vor dem Eingang sagte Wolfgang:
„Lass mich in Ruhe. Ich gehe meinen Weg. Meine Welt ist eine andere. "
„So gehe, auch ich gehe."
Cédric sagte es laut und bestimmt.
Zwei Wege, die sich zufällig berührten und sich voneinander wieder zu lösen begannen. Der Freiburger spielte sich rücksichtslos auf. Seit er Wolfgang kennen lernte, wurden Hoffnungen wach, ein neues Ziel könnte verwirklicht werden. Es wäre leichter zu erreichen, wenn....
Wolfgang wollte in der Stadt bleiben. Er hatte neue Pläne. Amerika war nicht sein Ziel, jetzt nicht, vielleicht später. Nach einer Zeit des Wartens und Abtastens ein Aufbruch, um Norwegen, Schweden und Finnland zu bereisen. Irgendwo wird es ihm gefallen. Die Welt ist schön und gross. Frei will er sein, und wenn ihn einer in die Enge treibt, wird er sich wehren.
Er meinte:
„Auch wenn du der Stärkere bist, vergiss nicht, was gut und böse ist. Wir sind verdammt, das eine oder andere zu wählen."
Cédric ertrug solche Gedanken nicht. Er täuschte:
„Ich gehe."
Dann drehte er sich um und verschwand hinter einer Säule.

Wolfgang bummelte weiter. Er war erleichtert, als er allein war. Er blickte nicht zurück. Zu seiner Überraschung hörte er plötzlich Glockengeläute, das hatte er hier nicht erwartet. Es übertönte den Strassenlärm. Er blieb stehen. Das Läuten dauerte kurz. Zuletzt verstummte die Glocke mit dem tiefsten Ton. Wie zu Hause! Die Erinnerung fand keine Nahrung mehr, sie versank.

Cédric brachte es zustande, seinen Kollegen nicht aus den Augen zu verlieren. Er streckte den Kopf hinter einer Säule hervor und sah den Zögernden. Oft blieb dieser stehen, warf den Blick in ein Schaufenster. Nach wenigen Schritten näherte er sich einem Musiker, der in einer Nische Geige spielte. Wolfgang verkörperte die Neugier eines Touristen, der bummelte, staunte, lächelte, nichts einkaufte und nicht wusste, wohin der nächste Augenblick ihn führte.

Cédric dachte an sein Abenteuer. Er musste sich Mittel verschaffen, um in dieses Abenteuer einzusteigen. Den Landsmann könnte er in einen Hinterhalt locken, ihm die Tasche entreissen und verschwinden. Er fieberte, die Versuchung war stark.
Im Ganzen lag eine Spannung, die er sich nicht erklären konnte. Er sah Wolfgangs Tasche, deren Riemen über die linke Schulter gelegt waren, und in dieser Tasche steckten Mittel, die ihn weiter bringen könnten. Er hatte sich von diesem Kerl noch nicht getrennt. Er wusste selbst nicht, was ihn fesselte, warum dieser in ihm gefährliche Gedanken auslöste. Eine dämonische Kraft bemächtigte sich seiner, er schien von allen guten Geistern verlassen zu sein.
Er kam sich vor wie ein Stromer, der in seinem Elend einer Person begegnet, bei der eine Schwäche der Freigebigkeit zum Ausdruck kommt, die es rasch auszunützen gilt. In Wolfgangs Tasche witterte er eine Beute. Diese sich aneignen, warum nicht? Aber wie? Mit dem Erreichten wäre anderswo ein neues Leben zu beginnen.
Es geschah etwas Unerwartetes. Wolfgang blickte zurück, entdeckte Cédric, der rasch auf ihn zukam. Aus lauter Angst und Ohnmacht gegenüber dem Stärkeren rannte er in der Nähe eines Fussgängerstreifens auf die Strasse und schritt direkt auf ein fahrendes Auto zu. Bremsen kreischten, Schreie von Passanten waren zu hören. Von Links und Rechts ein Autohupen. Der Angefahrene lag auf dem Boden. Ein heilloses Durcheinander. Fluche über den Autofahrer, sie galten auch dem Fussgänger, der die Verkehrsregeln

missachtete. Blut war zu sehen. Helfer kamen zum Liegenden. Cédric war auch dabei. Er zog seinem Landsmann die Tasche weg, als wäre sie ein Hindernis für erste Hilfe. Im Tumult des Vorfalls verliess er mit der Tasche den Unfallplatz. Er hatte ein Ziel, das nun leichter zu erreichen war. In einer Nebenstrasse öffnete er die Tasche. Er sah darin Ausweise, Geld, eine Liste von Adressen, den Schlüssel zum Privatzimmer. Das genügte. Er eilte zurück und suchte Wolfgangs Zimmer auf. Dort sortierte er, nahm zu sich, was er glaubte, es wäre nützlich. Das Formular, in das Wolfgang seine Personalien hätte eintragen sollen, lag noch unausgefüllt auf dem Tisch.

Dritter Teil

7

Monate waren verstrichen. Er hatte die Seefahrt überstanden, und noch besser als befürchtet, überstand er die komplizierten

Einreiseformalitäten. An Bord war der Decksteward ein ekliger Kerl, vor allem war er ungerecht, begegnete jenen, die weniger zahlten, mit Verachtung. Die ganze Fahrt war deprimierend. Cédric war Passagier in der untersten Klasse. Aber seine schlechte Stimmung hatte damals noch andere Gründe.

Jetzt hockte Cédric in einem schäbigen Hotel in einem Vorort von New York. Mit dem geraubten Geld konnte er sich über Wasser halten. Er machte Bekanntschaft mit Einwanderern, die ihm Ratschläge erteilten, wie er Arbeit finden könnte. Er war willig, kommunikationsfreudig, anpassungsfähig. Die Sprachkenntnisse reichten aus, um seine Anliegen vorzubringen. Es gab nur zwei Möglichkeiten: mit einem eisernen Willen sich durchsetzen oder - untergehen.

Im Hotel lernte er Elinor Thompson kennen, eine Amerikanerin.

„Ich habe Arbeit für dich. In einer Hotelkette werden Leute gesucht, es bestehen Aufstiegsmöglichkeiten, es sind Reisen für Studenten und Touristen zu organisieren."

Er meldete sich und wurde provisorisch angestellt. Die neue Aufgabe
verdrängte seine früheren Probleme, schaffte sie aber nicht aus der Welt.

„Bist du nicht zufrieden? Du hast Arbeit gefunden?" sagte Elinor.

„Zufrieden schon, aber der Weg vom Hotel zur neuen Arbeitsstelle ist weit. Ich verliere viel Zeit."

„Das wird sich ändern," sagte sie.

„Wann?"

„Ich habe dir eine gute Nachricht. In drei Wochen können wir in der Nähe ein Haus beziehen."

„Wirklich?"

So war es. Aber glücklich war er immer noch nicht. Seine seelische Verstimmtheit, die in unterschiedlicher Stärke auftrat, machte Elinor Sorgen.

An einem Wochenende, als beide frei hatten, stellte sie ihn:

„Was ist mit dir los? Du sagst mir nicht alles. Ich bin im Grunde eine Person, der du vertrauen kannst."
„Was bemängelst du an mir?" sagte Cédric.
„Es fällt mir schwer, es zu sagen. Dein Herkunftsland ist mir unbekannt. Ich nehme an, nicht alle dort sind so verschlossen wie du es bist."
„Nein, bestimmt nicht."
„Plagt dich etwas, das du verschweigen musst?"
„Ich muss nichts verschweigen."
„Aber? Erzähle etwas von deiner Reise oder von deinem Heimatort!"
War es sinnvoll, ihr über die Begegnung mit Wolfgang etwas zu sagen? Schon Tage zuvor nannte er den Namen Wolfgang, den Namen seines Landsmanns, den er während der Zugreise kennen gelernt und der später, am folgenden Tag einen Verkehrsunfall verursacht hatte. Er sagte dies so beiläufig, als wäre das ohne Bedeutung. Ihr Interesse an dieser Begebenheit wuchs erst heute wieder, als er in lockerer Stimmung war.
„Was ist Wolfgang zugestossen? Erlitt er schwere Verletzungen? Du warst ganz in der Nähe, sagtest du."
„Knochenbrüche, Kopfverletzungen. Mein Schiff fuhr am andern Tag weg. Ich weiss nicht einmal, ob er noch lebt."
„Es war dein Freund."
„Eine zufällige Begegnung im Schnellzug, mehr nicht. Wir tauschten unsere Gedanken aus. Er hatte keine festen Ziele. Er liess durchblicken, die skandinavischen Länder fänden sein Interesse."
„Warum schreibst du ihm nicht?"
„Ich weiss keine Adresse."
„Er kent auch deine nicht."
„So ist es."
„Und seine Eltern?"
„Seine Mutter lebt. "
„Weiss sie etwas über den Unfall?"
„Du stellst Fragen, die ich nicht beantworten kann."

„In deinem Gepäck fand ich Notizen, auch die Adresse von Wolfgangs Mutter."
„Du hast geschnüffelt?"
„Durfte ich nicht?"
„Doch, doch," sagte er lachend.
„Wäre es nicht eine gute Idee, dieser Mutter zu schreiben?"
Er liess sich in ein heikles Gespräch ein. War ihre Neugier überhaupt zu befriedigen? Im Hintergrund türmte sich eine Wirklichkeit auf, die er in Elinors Gegenwart nicht enthüllen wollte.
„Ich könnte es mit einem Brief versuchen," sagte er nachdenklich, "aber würde diese Frau nicht über eine Anfrage aus Amerika erschrecken? "
„Schreibe an das Spital, in das er eingeliefert wurde."
„ Es gibt mehrere Spitäler. Es ist aussichtslos."
„Das wäre möglich, aber du willst nicht." Das war ein Vorwurf, der ihn schmerzte.
„Wollte er auch nach Amerika?"
„Warum dein plötzliches Interesse für diesen Fall?" rief er aus.
„Vielleicht ist er nach seiner Genesung nach Hause zurückgekehrt."
„Und wenn er an den Folgen gestorben ist, wer orientierte die Mutter? "
„Die Polizei ist nicht dumm. Sie wird die Adresse finden. "

Die Fragerei kam ihm wie vor ein Verhör. Für Elinor war es kein Verhör. Es war die Neugier über seine Hinreise, über die letzten Tage in Europa. Sie wollte Wolfgang doch glücklich sehen. Sie ahnte, auf dieser Hinreise lief etwas schief. Heute kam sie noch nicht dahinter. Sie will es an einem andern Tag versuchen, wie ein dunkler Fleck in seinem jungen Leben aufzuhellen wäre. Die täglichen Geschäfte verdrängten Wolfgangs Sorge über die Vergangenheit. Anderes rückte in den Vordergrund, und Elinors Neugier verblasste in den täglichen Existenzkämpfen. Aber sie wusste, nichts geht im Leben verloren. Ereignisse kommen nicht zum Stillstand, sie entwickeln sich fort. Wenn uns etwas nicht in den Bann zieht, geht man zu etwas anderem über. Es ist möglich, unter wechselnder Perspektive Früheres zu verfolgen, es in einem grösseren Zusammenhang zu sehen.

Einige Monate später sagte sie:
„Wenn das Geschäft so gut läuft, können wir uns Ferien leisten. Der Gewinn lässt sich sehen. Ich bin glücklich über den gelungenen Start."
War auch er glücklich? Er lernte das Leben kennen. Das Glück ist zerbrechlich. Morgen kann schon alles ganz anders sein. Sie sagte ihm an einem späten Abend, als er von der Arbeit heimkehrte:
„Du arbeitest zu viel."
„Ich lernte diese Woche Leute kennen, die mir neue Perspektiven aufzeigten. Ich kann Teilhaber einer Hotelkette werden. Die geschäftlichen Aussichten sind günstig. Ich werde mehr auf Reisen sein."
Er wusste, Elinor hatte keine Freude, als er von seinen beruflichen Aussichten sprach. Sie wollte früher oder später heiraten, ihm war der Gedanke einer raschen Heirat fremd, sehr fremd.
„Alles hat seinen Preis," sagte Elinor.
„Wie meinst du das?"
„Du bist tüchtig. Es geht uns gut. Wir beide kommen zu Wohlstand, von dem ich in meiner Kindheit nur zu träumen wagte."
„Aber?"
„Ist dies das wirkliche Leben? Willst du in der Arbeit ersticken und andere Teile des Lebens vernachlässigen? Es ist schön, autonom zu sein. Du hast Freude, Macht zu entfalten und Menschen zu beeinflussen, welche dir in einem Arbeitsverhältnis unterstellt sind."
„O, ich weiss, was du mir sagen willst. Suche zuerst das Reich Gottes, dann wird dir alles andere gegeben werden! Es gibt die Seele des Menschen, die nicht in Äusserlichkeiten ersticken darf. Es gibt die Bibel, es gibt die Bücher, die das Brot des Lebens bedeuten. Es gibt

die Versuchungen, die uns vom Guten abhalten. Es gibt Bilder aus der Vergangenheit, die uns an das Paradies erinnern, das uns auf Erden nie zufallen wird."

„Mein Gott," sagte Elinor aufgeregt, „was redest du für wirres Zeug? Ich halte dich nicht ab, das Beste zu leisten, die Ansprüche zu steigern. Warum sollte ich dich hindern, gut zu arbeiten? Vielleicht bin ich heute zu müde, um das Richtige zu sagen. Vielleicht ist es nur meine Sorge um deine Gesundheit. Du rauchst zu viel."

Cédric war zu müde, um das Gespräch fortzusetzen. Er verstand, was sie sagen wollte. Müsste er sie zeitlich mehr in die Geschäftsbeziehungen einbinden lassen? Sie war sprachbegabt, freundlich, sah gut aus. Im Lachen zeigte sie ihre schönen, weissen Zähne. Er bewunderte auch heute ihre tiefschwarzen Augen und die dunkle Gesichtsfarbe. Sie zeigte eine Natürlichkeit, die er schätzte.

Noch in der gleichen Woche, als er nicht mehr so spät nach Hause kam, überraschte sie ihn mit folgender Nachricht:

„Meine Mutter kommt uns besuchen. Ich schrieb ihr einen Brief über unsere Freundschaft und erwähnte deinen Erfolg. Sie freut sich, dich kennen zu lernen."

„Wann kommt sie?"

„Am nächsten Samstag in zwei Wochen. Sie gedenkt, eine Woche hier zu bleiben."

„Kein Problem. Wir haben genug Platz."

„Willst du sie zu den Sehenswürdigkeiten dieser Region führen? Ist nicht in der grossen Halle der Nachbarstadt ein Rock-Konzert."

„Um Himmels Willen! Ich glaube, sie will hier bleiben. Es ist nicht ihre Art, an allen Ecken und Enden Neues zu erfahren. Sie wird mit uns reden und Persönliches erfahren wollen. Sie wird eine stille Zuhörerin sein."

„Reist sie gerne?"

„Ich glaube nicht. Sie will nur wissen, wie es mir in der Fremde geht, " sagte sie lachend.

„Du hast ihr unsere wirtschaftlichen Verhältnisse vorgegaukelt, das Paradies auf Erden inmitten einer

chaotischen Umwelt und dabei vergessen, ihr mitzuteilen, wie nur winzige, mühsame Schritte zum Erfolg führen."
„Ein bisschen Glück spielt auch eine Rolle," sagte sie.
Bevor Elinors Mutter kam, wiederholten sich ähnliche Gespräche.
Je näher das Datum ihrer Ankunft heranrückte, desto zurückhaltender wurde Cédric. Er sagte nicht, dass er sich freue, Elinors Mutter kennen zu lernen. Er konnte sich nicht vorstellen, wie diese ältere Frau die Ferientage im Hause verbringen würde. Elinor war anfänglich seine Zurückhaltung nicht aufgefallen. Erst als er ein Tag vor ihrer Ankunft die Frage stellte:
„Wann fährt sie wieder weg?" fiel ihr sein merkwürdiges Verhalten auf.
„Freust du dich nicht, meine Mutter zu sehen?"
„Doch, doch," wehrte er sich. „In der Firma geht es momentan stürmisch zu. Dennoch hoffe ich, jeden Tag genügend Zeit für sie zu finden."
„Sie wird sich freuen. "
Er erinnerte sich, ohne dies vor Elinor einzugestehen, an seine Mutter, die wenig Zeit für ihn hatte. Sie moderierte bei einer privaten Fernsehanstalt und war gezwungen, ihn am frühen Morgen in einem Hort abzugeben. Wie sie ihm später erzählte, hätte er jedes Mal, wenn sie wegging, fürchterlich geschrien. Er vermutete, Elinors Mutter könnte genau das Gegenteil einer autonomen, selbstbewussten Person sein.
„Hast du ihr über mich berichtet?"
„O, ich bin keine Schriftstellerin. Manchmal ist es mühsam, Erlebtes in treffenden Worten aufs Papier zu bringen. Ich berichtete von deinem
Erfolg, von unserer Arbeit, von unserem Haus. Sie wollte wissen, ob wir bald heiraten würden. Du weisst ja, wir haben darüber gesprochen, wir wollen noch nicht."
Cédric lenkte von diesem Thema ab und kam auf ein früheres Gespräch mit Elinor zurück.
„Du hast die Adresse von Wolfgangs Mutter in meinem Gepäck gefunden. Glaubst du, es wäre vernünftig, ihr zu schreiben?"

„Warum nicht? Wenn Wolfgang ihr geschrieben hat, weiss sie seine Adresse. Dann kannst du Verbindung mit ihm aufnehmen."

Elinor ahnte nicht, wie es ihm zumute war, als sie ihn so reden hörte. Die Erinnerung an den Diebstahl, an sein schäbiges Verhalten beim Unfall und an den Tagen darnach belasteten ihn. Dieser Frau Marty ein Signal aussenden, um zu wissen, ob Wolfgang noch am Leben ist, fand er zwar eine verständliche Idee. Wäre sie überhaupt in der Lage, eine Antwort zu geben?

Im Geschäft war er ein entscheidungsfreudiger, entschlossener Mensch, hier aber, im Privaten, kam eine Blockade in seinem Verhalten auf, die nur er verstehen konnte.

„So wie ich es heute sehe, ist es aussichtslos, Wolfgang auf diese Weise ausfindig zu machen. Entweder hat er den Unfall nicht überstanden, oder er hält sich nach seiner Genesung irgendwo im hohen Norden auf, was ich hoffe. Wenn Wolfgang der Mutter eine Adresse gegeben hat, musste dieser Brief vor seinem Unfall, das heisst am Morgen nach seiner Bahnreise abgesandt worden sein."

„Warum nicht später?" fragte Elinor.

„Die Verletzungen."

Mit dieser Antwort endete das Gespräch über seine Eindrücke auf der Hinreise. Unerwähnt blieb der Raub der Tasche, die gestohlene Geldsumme, die seine Amerikareise erst ermöglichte. Verschwiegen blieb sein feiges Davonschleichen. Er dachte damals nur an sich. Er wollte ein Ziel erreichen, wurde rücksichtslos und zeigte kein Erbarmen.

Immer wieder musste er spüren, wie sie ihn von oben bis unten betrachtete, wenn er aufgefordert wurde, von seiner Hinreise etwas zu erzählen.

8

Frau Thompsons Reise wurde verschoben, was bei Cédric nicht einmal ein Bedauern auslöste. Elinors Mutter litt an einer starken Grippe und war nicht reisefähig. Erst nach drei Monaten war es so weit.

.Am Tage vor der Ankunft, an einem Freitag, war Cédric sehr nervös. Den ganzen Tag erlebte er Unangenehmes auf einer Inspektionsreise. In seinem Betrieb stand er vor einem Problem, das er nicht lösen konnte, Schwierigkeiten türmten sich auf, Eine Privatbank lehnte ein Kreditgesuch überraschend ab. Er sah Schwierigkeiten auf sich zukommen, die ihn erdrücken könnten, wenn er nicht mit aller Kraft und Phantasie sich ihnen entgegenstemmte.
Er telefonierte am späten Abend mit Elinor.
„Ich bin so weit. Treffen wir uns zum Nachtessen im Hotel Holiday."
„Deinen Anruf erwartete ich schon lange. Ich fahre gleich weg."
„Ist für morgen alles in Ordnung?"
„Alles ist okay. Die Mutter wird sich freuen, ein solch schönes Zimmer anzutreffen."
Sie speisten gut und tranken den Wein aus der Region. Die Art und Weise, wie beide ihre Probleme während der Mahlzeit umschrieben, war erstaunlich. Cédric deutete in wenigen Sätzen die Verhältnisse in der Firma an. Ein lukratives Geschäft sei der Firma entgangen, weil die Konkurrenz mit guten Karten spielte. Unsere Mitarbeiter waren nicht tüchtig genug, die besseren Karten auszuspielen. Sie hätten gute Trümpfe gehabt, aber Nachlässigkeit und mangelnde Energie führten dazu, dass andere die Nase vorne hatten. Und wem werde die Schuld dieses Versagens zugeschoben? Natürlich ihm, dem Chef, der die Verantwortung für das Ganze trage.

„Bedrückt dich das? Kommt deswegen keine heitere Stimmung auf?"
„Vielleicht übertreibe ich. Eine Schuldzuweisung ist ein schwerer Brocken."
Sie versuchte seine Enttäuschung abzuschwächen. Sie sagte: „Bis anhin ist ja alles gut gegangen. Stecke über das Wochenende deine Sorgen weg. Morgen kommt meine Mutter ins Haus, das wird eine Abwechslung sein. Ich habe ihr Zimmer schön hergerichtet. "
Seine Begeisterung hielt sich in Grenzen. Elinor spürte das seit Tagen, aber bis zu dieser Stunde fand sie nicht heraus, was Cédric bewegte, so zurückhaltend zu sein.
„Wie ist sie denn, deine Mutter?" fragte er vor dem Dessert.
„Ich habe sie seit vier Jahren nicht mehr gesehen. Ich weiss nicht, wie sie sich verändert hat. Auf alle Fälle ist sie neugierig, sonst wäre sie zuhause geblieben."
„Sie durchleuchtet dich, aber auch mich," sagte Cédric.
„Hast du etwas zu verbergen?"
„Ich könnte im Geschäft versagen. Die ersten Anzeichen stehen am Himmel."
„Du übertreibst."
„Ist sie eine Hellseherin?"
„Gewiss nicht. Eine gewöhnliche Frau, eine Mutter, mit dem Namen Thompson."
„Es ist ungewöhnlich, dass Mütter ihren Kindern nachrennen."
„Ein Freundschaftsbesuch. Sie wird die Augen offen halten und zuhören, was wir erzählen."
„Ich denke an Wolfgangs Mutter, aber auch an meine. "
„Immer wieder kommst du auf Wolfgang zurück. Ich glaube, es ist am besten, du schreibst dieser Mutter und berichtest von deiner Begegnung mit ihrem Sohn."
„Ich muss gestehen: Ich habe dieser Frau Marty bereits geschrieben. Ich bin gespannt, ob ich eine Antwort bekomme."
In der Nacht auf den Samstag konnte er nicht gut schlafen. Elinor schlief heute im zweiten Gästezimmer, das erste war

für ihre Mutter bestimmt. Das Essen machte sie müde. Sie schlief rasch ein.
Cédric fand noch keinen Schlaf. Eindrücke eines langen Arbeitstages fieberten durch den Kopf.
Er schaffte sich über das Wochenende Distanz zu den täglichen Geschäften. Hingegen hatte er Mühe, der Begegnung mit Wolfgang keine Bedeutung mehr zu schenken. Er verschwieg Elinor, was im Zug und auf der Strasse in der Hafenstadt geschah. Und dieses Verschweigen löste eine innere Unruhe aus. Wie konnte er Ordnung in sich selbst schaffen, wenn er immer wieder vergeblich versuchte, die Begegnung mit Wolfgang zu verdrängen? Es war wohl das Beste, so meinte er im halbschläfrigen Zustand, Frau Marty vor einiger Zeit einen Brief geschrieben zu haben.

Der Samstag war ein regnerischer Tag. Mutter Thompson kam mit einem Taxi vor das Haus gefahren. Durch das Fenster im ersten Stock sah Cédric sie aus dem Wagen steigen. Elinor war schon an der Türe und sprang der Mutter entgegen. Ein herzlicher Empfang! Sie küssten und umarmten sich. Der Chauffeur stellte den Koffer vor der Eingangstreppe ab. Noch gingen sie nicht ins Haus. Sie hatten nach der Begrüssung einander so viel zu erzählen, dass sie vergassen, das Haus sofort zu betreten. Die Szene des Wiedersehens nach Jahren hätte sich noch lange fortgesetzt, wenn Cédric nicht das Fenster im ersten Stock geöffnet und gerufen hätte:
„Hallo, willkommen Frau Thompson, kommen Sie herein!"
„Wir kommen, wir kommen!" rief Elinor zum Fenster hinauf. Er sah, dass die Mutter um einen Kopf kleiner war als die Tochter. Sie trug ein dunkelrotes, langes Kleid. Sie lachte und schaute neugierig an die Fassade zum Fenster hinauf. Noch während er das Fenster schloss und die Treppe hinunterging, spürte er nicht das geringste Redebedürfnis. Nach dem Händedruck und den durchdringenden Blicken von Frau Thompson schloss sich eine Konversation an, die das Alltägliche betraf.
Im Verlaufe der Unterhaltung sagte Frau Thompson:

„Ich bin die Catrin." Und er erwiderte. „Ich bin der Cédric. Elinor wird dir schon vieles über mich erzählt haben."
Er blickte Elinor in die Augen und gestand: „Ich weiss nicht, was sie verraten hat."
„Nur Gutes, natürlich," sagte Catrin lachend, „sie freut sich mit dir am geschäftlichen Erfolg."
Er blickte zu Boden und schwieg.
Sie setzte die Unterhaltung mit Komplimenten fort: „Ein schönes Haus, es ist fast zu gross für zwei Personen. „Und die Terrasse, sie ist geräumig und sonnig."
„Es ist heute regnerisch, sonst könnten wir draussen die Mahlzeit einnehmen," sagte Elinor.
„Wenn ich beruflich nicht stark beansprucht wäre, nähme ich mir Zeit, die Räume stilvoller auszustatten."
„Du bist gefordert, bist du auch zufrieden?" sagte Catrin.
„Was heisst ‚zufrieden'?"
Die Frage traf ihn ganz persönlich, obwohl sie offensichtlich nicht das meinte, was er sich vorstellte. Ein gewisses Misstrauen lauerte im Hintergrund, das eigentlich bei ersten Begegnungen natürlich war. Cédric erklärte:
„Mit dem Geschäftsverlauf bin ich momentan nicht zufrieden. Es gibt Unstimmigkeiten, die aus dem Wege zu räumen sind."
Elinor schwächte seine Aussage ab:
„Mama, Cédric übertreibt, so schlimm sieht es nicht aus."
Die Vorstellung von der Person, die vor ihm stand und einige Tage lang in seiner Nähe bleiben wird, war eine andere als jenes imaginäre Bild von Wolfgangs Mutter. Catrin war besorgt um ihre Tochter. Die Beziehung war, so weit er erkennen konnte, eng und herzlich. Mutters Einflussnahme schwächte die Autonomie der Tochter. Kam in der Einladung an die Mutter ihre Unsicherheit in der Beziehung zu Cédric zum Ausdruck? Suchte sie eine Hilfe zu bekommen, ob sie die Beziehung weiter vertiefen sollte? Warum rückten Cédrics Schwierigkeiten im Geschäft plötzlich in den Vordergrund? Ausgerechnet am ersten Tage ihres Besuches!

Die Besucherin begann Fragen zu stellen. Woher er komme. Wie seine Reise verlaufen sei. Wie er die ersten Schwierigkeiten im fremden Lande überwunden habe. Ein kleines Barvermögen sei für die Reise und den Einstieg in ein Geschäft erforderlich, wie er zu diesem Vermögen gekommen sei. Ob die Angehörigen zuhause über seine Tätigkeit orientiert seien?
Ohne eine Spur von Verlegenheit versuchte er auf die Fragen einzugehen.
„Die Reise verlief normal. Die Stunden bis zur Hafenstadt habe ich mit einem Landsmann zugebracht. Der Anfang in New York war schwierig. Im Rückblick gestehe ich, im Suchen nach Arbeit war mir ein unverdientes Glück beschieden."
Er blickte auf Elinor.
Für Cédric war klar, Catrin Thompson besass eine grössere Kenntnis über Geldangelegenheiten als ihre Tochter. Die Fragen mögen für sie selbstverständlich erschienen sein, für ihn überschritten sie das Mass einer natürlichen Neugier. Er wurde vorsichtig und überlegte seine Antworten genau, um nicht in Widersprüche zu fallen.
Während die Mutter allein den Garten besichtigte, der in einem ungepflegten Zustand war, sagte Elinor zu ihm:
„Du hast ihr die Wahrheit verschwiegen, und ich spüre, du verschweigst auch mir einen Teil deiner Wirklichkeit."
„Meinst du, die Erfahrungen im Geschäft' oder ‚die Erlebnisse aus früherer Zeit'?"
„Beides," sagte sie entschlossen. „Beides hängt zusammen."
Es trat eine Stille ein. Sie dehnte sich aus, was ihn peinlich berührte. Die Gedanken an das Geschäft waren wie ausgelöscht. In ihm geschah etwas Unerklärliches, eine Wende, die überraschte. Er hörte die innere Stimme: ‚Du musst weg! So kann es nicht weiter gehen!'
Eine Forderung aus der Tiefe, die er nicht verraten durfte.
Am Abend des zweiten Besuchstages kam er früher als sonst nach Hause. Mutter und Tochter befanden sich auf der

Terrasse, die zum Garten hinausführte. Es hatte zu regnen aufgehört. Die Abendsonne färbte die Wolken rot.
Er setzte sich in der Stube auf einen Stuhl und hörte, was die draussen einander erzählten. Wäre er doch später gekommen, oder hätte er sich beim Betreten der Stube auffällig verhalten! Mutter Catrin war kritisch, sie ahnte, er sei auf seinem Posten nicht souverän und clever genug, er neige dazu, seine Unsicherheiten durch allerlei Tricks zu verbergen. Er hörte:
‚Und woher hatte er das Geld für die Reise? Er verschwieg mir den Unfall seines Reisebegleiters. Dir hat er den Vorfall gestanden.'
‚Gestanden', sagst du, Mama, er hat doch nichts zu gestehen.'
‚Bist du sicher, dass er mit offenen Karten spielt?'
Er musste diese Anschuldigungen verkraften. Verdammt nochmal, diese Catrin ist eine neugierige Person. Sie versteht meine Welt nicht, auch wenn ich mit offenen Karten zu spielen begänne. Am späten Abend nach den letzten Tages-Nachrichten sagte er zu Elinor:
„Was hat die Mutter über mich gesagt? Sie traut mir nicht?"
Sie stutzte und schaute ihn mit weit aufgerissenen Augen an.
„Alles Neue beurteilt sie aus skeptischer Sicht. Nimm es nicht ernst, Cédric, was sie gesagt hat!"
Sie wagte nicht zu fragen, was er denn in der Stube gehört habe.
Es kam der dritte Tag. Es wurde ärgerlich für ihn. In Gedanken sah er Wolfgang, wie er verzweifelt über die Strasse rannte. Sekunden zuvor hatte er die verrücktesten Ideen. Er wollte an sein Geld heran, was es auch kostete. Und dann war alles wie von selbst abgelaufen, anders als er dachte, aber grausam genug, um es bis heute nicht verdrängen zu können. Es gibt keine Leere, kein Nichts, wie er glaubte. Das Ereignis hatte sich eingebohrt, es steigt auf, wenn es einen Anlass findet. Es überfällt ihn, ohne ihn zu fragen.

Am Abend gemeinsames Nachtessen mit Elinor und Catrin. Es war für Cédric schwierig, sich so zu verhalten, als hätte er gestern keine Gesprächsfetzen vernommen. Frau Thompson zeigte das übliche Lächeln wie am ersten und zweiten Tag. Eine schwarzweisse Haarsträhne bedeckte ihre rechte Stirnseite, als sie sagte:
„Jetzt bin ich drei Tage hier. Mir ist, ich hätte schon ein halbes Jahr hier verbracht."
„Es ist das übliche Gefühl, " sagte Cédric. „Der dritte Tag in der Fremde bringt solche Gedanken ans Licht. Schon am vierten Tage bekommt die Welt wieder ein anderes Gesicht."
„Wenn etwas nicht gelingt, wäre das andern zu erklären? " sagte Catrin.
„Du bittest um die Hintergründe meiner beruflichen Schwierigkeiten. Du sollst sie haben. Ich habe einen Chef, der über Leichen geht. Es muss Gewinn erzielt werden, Wachstum muss her. Das ist alles. Wenn er das Ziel nicht erreicht, zieht er die Schraube an, bei jedem und bei allem. Momentan erleben wir eine solche Phase. Das Vertrauen ist angespannt, es ist nicht käuflich. Ich bin eingezwängt zwischen dem Chef und den Mitarbeitern. Eine momentan verzwickte Lage. Finanzielle Schwierigkeiten zeichnen sich ab. Aber was kannst du mit solchen Fakten anfangen? Nichts, rein gar nichts. Elinor sind solche Fakten eine Last, dir bereiten sie gewiss kein Vergnügen. Ich schmeisse oft alle beruflichen Lasten, bildlich gesprochen, in einen Kübel, um nicht das Gleichgewicht zu verlieren."

Catrin kommentierte nicht. Er erwartete eine Meinung, doch er hörte sie nicht. Was er sagte, musste ihr auf die Nerven fallen. Wenn nicht ihr, dann ihrer Tochter. Doch beide liessen ihn reden. Ihm war, er werde nicht ernst genommen. Es war doch lächerlich, den beiden von seinen Sorgen zu erzählen. Es war für ihn eine beschlossene Sache, dass er wegging. Eine Flucht, ja das wäre eine Flucht, und was für eine! Er bereitete sich vor. Jedes Wort führte ihn näher heran.

Der vierte Tag verlief nicht viel anders. Daten rückten näher. Catrins Abreise und später seine Flucht. Ihre Abreise stand fest, nicht aber der Zeitpunkt der Flucht. Der Gedanke, allem zu entfliehen, lebte nur in ihm. Es galt, sich darauf vorzubereiten. Es rückten Einzelheiten vor, die Elinor nicht bemerken durfte.

Doch so rasch war ein Entfliehen nicht möglich. Was trieb ihn zurück, über den Ozean, in die heimatlichen Gefilde? War es das ständige Aufsteigen einer Schuld? Er hatte ohne Zweifel Kains Gedanken, nur wenige Sekunden lang. Dass sie nicht Wirklichkeit wurden, verdankte er äusseren Umständen. Die Angst der Bedrohung verführte damals Wolfgang zu einem unbedachten Schritt auf die Strasse.

„Es ist Post aus der Schweiz gekommen!" sagte Elinor.
„Zeig her!"
„Frau Marty?" fragte Catrin voller Neugier.
Ja, sie war es. Sie schrieb ausführlich. Und in dieser Ausführlichkeit lag eine Sorge, die sie andeutete. Sie habe von ihrem Sohn keine Nachricht erhalten. Sie wisse nicht, warum er nicht schreibe und in welchem Lande er sich befinde. Und in einer Nachschrift ergänzte sie, wer er denn sei und wie die kurze Beziehung zu Wolfgang begonnen habe.
Es wurde an diesem vierten Tage auch Catrin und Elinor bekannt, was in dem Brief stand.
„Er kann doch nicht vom Erdboden verschwunden sein," sagte Catrin.
Und etwas später meinte sie:
„Das alles ist so weit weg."
Cédric fühlte sich bedrängt. Er konnte nicht die Wahrheit sagen. Wenn er sie sagte, würde er vor Elinor nicht nicht mehr bestehen. Er schwieg. Gedanken an Wolfgang belasteten ihn.
Als Cédric mit Elinor allein war, sagte er:
„Übermorgen wird Catrin wegfahren. Glaubst du, sie werde zufrieden nach Hause zurückkehren?"
„Frag sie selber!"
„Ist sie enttäuscht über unsere Verhältnisse?"

„Ich glaube nicht. Sie kehrt in einfache Verhältnisse zurück. Wir leben komfortabler."
„Sie mag mich nicht, deine Mutter Catrin."
„Du bildest dir das ein," sagte Elinor.
„Sie hatte die Vorstellung, ich wäre glücklich und erfolgreich, wir beide würden bald heiraten."
„Nie sagte sie ein Wort über unsere Zukunft."
„Sie wagte keine Prognose, das ist vielsagend genug. Deine Mutter spürte, wie ich mein Missvergnügen über die beruflichen Verhältnisse hinter einer erzwungenen Zufriedenheit verberge. Und ich kann mich nicht rühmen, dieses Verbergen sei mir gut gelungen."
Elinor wurde nicht müde, meine Vorbehalte zu zerstreuen.
„Den Aufenthalt wird sie nie vergessen. Sie ist klug genug, um zu wissen, es sei besser, sich Zeit zu nehmen, um die Schwierigkeiten mit Leichtigkeit zu ertragen."
„Sie mischte sich in meine Vergangenheit ein. Was sie über Wolfgang hörte, müsste ihr gleichgültig sein."
„Du gabst zum Ausdruck, dieses Verhältnis belaste dich. Das spürte sie, das spüre auch ich. Und ich spüre es noch, wenn Catrin weggezogen ist."
„Ein zweiter Brief könnte Klarheit schaffen," meinte Cédric.
„Hast du nichts Besseres zu tun, als Briefe zu schreiben? Wenn diese Mutter im Nachbardorfe wohnte, wäre es klug, sie zu besuchen. Aber ihr Leben bei dieser grossen Entfernung! Jage den Gedanken aus dem Kopf, du könntest Wolfgangs Aufenthaltsort je herausfinden!"
„Es wäre keine schlechte Idee, sofort abzureisen. Aber diese Distanz!" sagte Cédric.
Er kam sich als ein grosser Heuchler vor. Es war beschlossene Sache, das Land zu verlassen. Die Flucht war gut vorzubereiten. Er wird sich langsam auf ein Sprungbrett zubewegen, um rechtzeitig abspringen zu können. Elinor wird enttäuscht sein, das war verständlich. Vor seinem Absprung wäre so vieles wie möglich in Ordnung zu bringen. Rechtlich und geschäftlich wollte er sich nichts zuschulden kommen lassen. Niemandem wäre Anlass zu geben, ihn zu verfolgen.

Bis tief in die Nacht hinein heckte Cédric seine heimliche Flucht aus. Er studierte Fahrpläne, überlegte, welche Kleider er anziehen sollte. Am einfachsten war, eine Geschäftsreise von zwei Tagen vorzutäuschen und dann nicht zurückzukehren. Mutter Catrin träumte zu dieser Zeit im Gästezimmer über ihre bevorstehende Abreise, und Elinor schlief vor Müdigkeit und Anstrengung der letzten Tage schon vor Mitternacht ein.

Was ist das für ein Leben! Armer Cédric, du bist nicht zu beneiden. Du bist froh über Catrins morgige Wegfahrt. Vom ersten Tage an hattest du das Gefühl, sie durchschaue dich. Und deine Geschichte mit Wolfgang, war sie wirklich glaubwürdig? Du warst während dieser Woche ein ungeduldiger Mensch, der nie seine Ruhe fand.

Der Zeitpunkt der Abreise von Frau Thompson war gekommen. Eine Spannung lag in der Luft. Keine Person brauchte der andern etwas vorzuspielen. Elinor war die erste, die am Frühstückstische sass, ihr folgte Catrin, etwas später kam Cédric aus seinem Zimmer. Das Gepäck stand schon an der Türe.

Catrin sagte: „ Die Zukunft liegt in euren Händen. Ich ziehe in mein Dorf zurück. Es gefiel mir gut bei euch."

„Du wolltest wissen, wo wir wohnen und wie wir leben. Jetzt weisst du mehr über uns," erwiderte Elinor.

„Ach," sagte sie lachend, „ich strebte nicht darnach, über euch mehr zu wissen. Das Leben hat seine Geheimnisse. Jeder Mensch muss seine innere Ruhe finden."

Cédric dachte: ,*Meine Spannung löst sich erst nach ihrer Abreise. Die gute Frau redet von Geheimnissen und weiss wohl selbst nicht, was sie sagt. Wenn einer in diesem Hause Geheimnisse hat, dann bin ich es.*'

Der Wagen stand vor dem Hause. Der Chauffeur lud das Gepäck ein. Er hatte die Aufgabe, Catrin Thompson zum nächsten Flughafen zu fahren. Cédric zahlte die Spesen für die Fahrt, er geizte nicht mit dem Trinkgeld.

Der Abschied war für Elinor schmerzlich. Sie weinte, als die Mutter in den Wagen stieg. Sie heulte auf, als der Wagen wegfuhr. Cédric nahm sie in seine Arme. Er dachte an seine Mutter, die sich nie um ihn gekümmert hatte.

9

Tage und Wochen verstrichen. An einem Abend sagte Elinor:
„Du bist ruhiger geworden."
„Die Geschäfte laufen besser."
„Ich sah im Fernsehen deinen Chef."
„Seinen Auftritt hat er lange vorbereitet. Er ist ehrgeizig. In schönsten Farben wirbt er für die Firma. Die Menschen glauben das, was in den Bildern zum Ausdruck kommt. Sie kümmern sich nicht, was verschwiegen wird."
„Er mag dich nicht."
„So lange ich die Leistung erbringe, gewinne ich sein Vertrauen
„Willst du dich beruflich verändern?"
„Ein anderer Job, meinst du?"
„Eine neue Herausforderung."
„Ich will etwas ganz anderes," erklärte Cédric und berührte dabei ihren Oberarm, schaute aber in eine ganz andere Richtung.
„Was willst du?"
„Fortgehen!"
„Wohin?"
„Nach Hause."
Die Antwort platzte heraus, wie ein Donnerschlag. Wie ein Zeichen aus einer andern Welt. Elinor verstummte. Sie starrte ihn an, als hätte er den schlimmsten Fluch ausgesprochen. Das Wort ‚Hause' hatte für sie etwas Schwermütiges, Fernes, Unverständliches, das ihren Erwartungen entgegengesetzt

war. Fragen und Einwände hefteten sich an dieses Wort. Sie ahnte nicht, was auf sie zukommen wird.
Cédric hatte seine geheimen Fluchtpläne aufgegeben. Er fand es schändlich, Elinor zu verlassen, ohne ihr die Gründe bekanntzugeben.
Er wollte fliehen, aber nicht so, wie er es sich ausgedacht hatte. Er rang sich durch, ihr alles zu sagen. Er musste die Phasen der Blossstellung durchstehen, das Chaos in seinem Innern aufbrechen. Sie wird ihn für verrückt halten und rücksichtslos nennen. Sie kann ihn empört verlassen. Oder sie wird nicht glauben, was er gesteht.

„Nach Hause willst du? Ist dir bewusst, was du mir sagst?"
„Meine Schritte sind überlegt."
„Was zieht dich weg?"
„Ein Schuldgefühl treibt mich zurück."
„Immer diese Geschichte mit Wolfgang, die mir heute so unklar vorkommt wie damals in den ersten Tagen in New York. Du sagtest mir nie die Wahrheit."
„Jetzt sage ich sie." Sie riss die Augen auf.
„Ich habe Wolfgang beraubt. Ich trieb ihn in die Enge, vor lauter Verzweiflung stürzte er auf die Strasse und wurde von einem Auto erfasst. Mit seinem Geld fuhr ich nach Amerika."
„Du..."
„Ich raubte seine Papiere aus der Reisetasche."
„Was du sagst, widert mich an."
Nach kurzer Erholung fuhr sie fort: „Und jetzt? Zurückgehen, und alles gut machen. Es gibt nichts mehr gutzumachen."
„Ich weiss nicht, ob er noch lebt. Seine Mutter ist ohne Nachricht über ihn."
„Es brennt dich zu wissen, ob er den Unfall überstanden hat. Wenn er nicht mehr lebt, trägst du eine Schuld."
„Zugegeben: Ich wurde ein Meister im Überspielen der Ereignisse. Ich gewann Vorteile, die auch dir zugute kamen."
„Du hattest Erfolg auf sandigem Grund."
„Ich war hinterlistig, skrupellos."

„Du bist durch deine Habgier in eine Falle geraten, die andere nicht erkennen."

Mit verzögerter Stimme fuhr er fort: „Ich muss zurückgehen. Du nicht."

„Du verlässt mich?"

„Ich muss."

„Du wirst zurückkommen."

„Ich kann nichts versprechen."

Elinor verliess das Zimmer. Er spürte ein Klemmen in der Herzgegend. Früher als erwartet, kam sie wieder zurück und schrie:

„Warum sagst du das alles erst jetzt? Du hast Wolfgang umgebracht."

„Nein," rief er aus. „Das ist nicht wahr. Er ist in ein Auto gerannt."

„Du hast ihn bedrängt. Als er am Boden lag, beraubtest du ihn. Wie schändlich? Und mit diesem Geld suchtest du ein neues Leben aufzubauen. Die Schuld hat dich eingeholt."

„Ich gehe weg."

„Es ist unmöglich, dir zu folgen."

„Zuerst wollte ich weg, ohne dir die Gründe bekanntzugeben. Aber ich brachte es nicht übers Herz, dir die Wahrheit zu verschweigen.

Jetzt habe ich geredet, ich habe Klarheit gewonnen, wie ich vorgehen will."

„Klarheit, sagst du," antwortete sie spöttisch, „deine Klarheit schockt mich. Sie verschlägt mir die Sprache."

„Du kannst ohne mich leben," sagte er. Es klang wie ein billiger Trost.

„Warum hast du ihn beraubt?"

„Stelle keine Fragen, auf die mir Antworten fehlen."

Ihre Enttäuschung war gross. Gerne hätte sie ihre neue Lage mit einer vertrauenswürdigen Person besprochen. Sie hatte mit dem Schuldigen eine Beziehung begonnen, ohne zu merken, dass er ein Schuldiger war.

„Ich wage es nicht, Mutter Catrin zu schreiben, wie geblendet ich wurde."

„Das Wagnis bleibe dir erspart. Deine Mutter durchschaute mich. Sie spürte meine Unruhe. Sie deutete mir am letzten Abend vor der Abreise an, es gebe tiefere Gründe meiner Unstetigkeit. Wie sollte ich ihr erklären, was ich Gutes unterlassen hatte! Ist das Böse zu erklären? Du hast es selbst gehört, was sie vor der Abreise gesagt hatte: ‚Das Leben hat seine Geheimnisse.'"

„Du hast mir ein Geheimnis verraten, ich bin noch immer geschockt."

„Ich gehe zurück."

„Wann gehst du?"

„In den nächsten Tagen."

„Einfach verschwinden, mich und andere im Stich lassen, ohne etwas zu regeln."

„Ich verschwinde, um zu regeln."

„Es müsste ein Wunder geschehen, wenn ich dir nachfolgen würde."

Vierter Teil

10

In einer Kneipe der Altstadt hockte er vor einem Bier. Rings um ihn heisere Stimmen, Gläserklirren. Er horchte. Eine trostlose Stimmung. Aus einem Lautsprecher Klänge, die ihn an ein Weihnachtslied erinnerten. Die Atmosphäre verwehrte ihm, Erinnerungen lange aufleben zu lassen. Hier krallte jede Person sich in das Elend fest. Warum der Eintritt in diese rauchige Höhle, wo kein Erbarmen aufstieg? Um zu vergessen, die Aussichtslosigkeit des Vorhabens zu verbergen? War es nicht sinnlos, was er vorhatte?
„Woher kommst du? Und wohin gehst du?"
Es wagte ein Clochard, ihn anzureden. Er antwortete:
„Ich habe Schwindelgefühle."
„Du verschweigst etwas?"
„Wie willst du das wissen?"
„Hier drinnen verschweigen alle etwas. Jeder hat seine Geschichte, die er nicht preisgibt."
„Wenn einer sie zu erzählen begänne, käme ihm Gelächter entgegen," sagte Cédric.
„Genau so ist es."
„Was willst du?"
„Deine Geschichte hören."
„Meine?"
„Ja, deine! Wie ist dein Name?"
„Cédric. Und wie heisst du?"
„Helmut."
„So höre, wenn du willst. Ich verschweige nichts. Die Geschichte beginnt so:
Es war einmal ein junger Mann, der verliess seine Heimat, weil sie ihm keine Heimat mehr war, und wollte nach Amerika auswandern. Er kam in diese Stadt und wurde von einem

Landsmann beraubt. Nun war es aus mit den Amerikaträumen. Er war ohne Geld und Ausweis. Aus lauter Verzweiflung lief er auf die Strasse und wurde von einem Auto angefahren. Er erlitt schwere Verletzungen. Ende der Geschichte."
„Eine kurze Geschichte, aber ich glaube sie nicht."
„Warum nicht?"
„Es gibt Auslassungen. Am besten ist es, du fängst noch einmal an. Sei ehrlich! Ohne diese Eigenschaft kannst du mir keine Geschichte erzählen, die glaubwürdig ist."
„Es war einmal ein Sohn, ich gebe ihm den Namen Wolfgang, der nahm Abschied von seiner Mutter und ging in die Fremde. Er kam in diese Stadt. Hier wurde er des Geldes und aller seiner Ausweise beraubt. Aus lauter Verzweiflung stürzte er sich auf die Strasse, wo er von einem Auto angefahren wurde."
„Und der Dieb, was machte er?"
„Das Geld ermöglichte ihm die Reise nach Amerika. Er wurde dort ein erfolgreicher Geschäftsmann."
„Hatte er keine Gewissensbisse wegen seiner schändlichen Tat?"
„Doch. Er kehrte wieder zurück und wollte wissen, ob dieser Wolfgang noch lebe, und wenn nicht, wo er begraben sei. Er fand ihn nicht. Es ist sein Schicksal, ein ganzes Leben lang auf der Suche nach diesem Wolfgang zu sein, den er beraubte."
„Diese Geschichte gefällt mir schon besser."
„Glaubst du sie?"
„Sie ist glaubwürdiger als deine erste Version. Aber mir genügt sie nicht. Es fehlen wichtige Teile. Zum Beispiel das Motiv seiner Rückkehr. Wurde der Täter ein Reumütiger? Hat sich das Opfer wirklich in Luft aufgelöst? Der Täter findet doch erst seine Ruhe, wenn er weiss, wie es dem Opfer ergangen ist."
„Der Dieb lebt von der Hoffnung, eines Tages die Wahrheit zu finden."
Cédric schaute Helmut fest in die Augen und sagte:
„Du bist ein Menschenkenner."

„Und du bist ein Meister des Überspielens. Die Geschichte, die du mir erzählst, ist keine fremde, sie ist deine eigene Geschichte. Übrigens, wisse, jeder Clochard war früher etwas anderes. Keiner legt gerne dar, warum er den Boden unter den Füssen verlor und zu dem wurde, was er heute ist."
Er wandte seinen Blick ab und schaute zur Türe hin. Dann fuhr er fort:
„Ich spüre ein Missverhältnis zwischen deinen Worten und dir selbst. Wo wurde denn dieser Wolfgang überfahren? In welchem Teil der Stadt?"
„Vor einer Kreuzung, in der Nähe eines Bankgebäudes."
„Das ist eine ungenaue Angabe."
„Es muss hier in der Nähe gewesen sein," sagte Cédric.
„Wann geschah der Unfall?"
„Es ist schon lange her."
„Könntest du diese Stelle finden, wo er verunglückte?"
„Nein. Es gibt zu viele Kreuzungen und Banken."
„Geh zur Polizei, wenn du unbedingt die Unglücksstelle sehen willst. Lass dir die Unfallstatistik der letzten Jahre geben. Es wird für die Behörde leicht zu finden sein, wer damals als Fussgänger in ein Auto rannte."
„Es gibt Zeugen, die aussagen, dieser Wolfgang habe kurz vor dem Unfall mit einem Unbekannten gesprochen."
„Jetzt wird die Sache interessanter," sagte Helmut. „War der Unbekannte auch der Dieb?"
„Das wäre abzuklären," sagte Cédric.
„Hältst du mich zum Narren. Eine Geschichte, die noch Abklärungen braucht, ist keine Geschichte."
Nach diesem Vorwurf blieb es eine Weile still. Cédric merkte, dass er in der Darstellung der Ereignisse eingeengt wurde. Er gewann keine Unabhängigkeit von der Erinnerung seiner Tat. Helmuts Fragen verwirrten. Sie waren kleine Netze, die über ihn geworfen wurden. Er glaubte, es werde ihm nie gelingen, vor Helmut die Geschichte abzuschliessen.
Helmut sagte: „Die Details verraten dich. Bist nicht *du* der Dieb, der Wolfgang beraubte?"
Wollte er mit diesen Worten dem Erzähler Angst einjagen?

Es war für Cédric aussichtslos, sich als harmloser Erzähler auszugeben und dauernd sich selbst zu belügen. Er wollte sagen, wie aus seiner Sicht der Vorfall bei der Kreuzung sich abgespielt hatte. Doch die Überraschung kam ihm zuvor. Er bekam zu wissen, Helmut war kein Clochard, er war ein Polizist, ein Fahnder, der sich öfters in Spelunken aufhielt, um Geschichten anzuhören, die das Leben schrieb.
„Komm mit, Cédric," sagte er, „wir wollen die Sache genauer abklären."
Sie gingen miteinander aufs Kommissariat.
„Ich will nur wissen, ob dieser Wolfgang noch lebt." Immer wieder sagte Cédric auf dem Hinweg diesen Satz, und Helmut tröstete ihn mit dem Hinweis, die Akten würden seine Frage beantworten.
Cédric wurde in einen fensterlosen Raum geführt. Nach einer Weile des Wartens kam Helmut, er hatte einen Aktenordner unter seinen Arm geklemmt. Er sagte:
„Dieser Unbekannte wurde neben dem Fussgängerstreifen von einem Auto angefahren. Er blieb bewusstlos liegen. Seine Verletzungen waren nicht lebensgefährlich. Vergebens bemühte man sich während des Klinikaufenthalts um das Finden seiner Identität. Er war ohne Geld, ohne Papiere, es fehlte ein Hinweis, woher er stammen könnte. Niemand kannte diesen Fremden. Die Kopfverletzungen lösten eine Verwirrung seiner geistigen Fähigkeiten aus. Das Sprachzentrum war gestört. Er litt an Orientierungslosigkeit. Nach mehreren Wochen klinischer Betreuung trat eine Besserung ein. In einem unbewachten Augenblick verschwand er aus der Klinik und wurde nie wieder gesehen. Suchaktionen verliefen ergebnislos."
„Ich hätte die Geschichte so gerne mit einem andern Schluss gehört," sagte Cédric.
„Für die Polizei ist der Fall abgeschlossen. Über einen Verschollenen ziehen Geheimnisse auf, über die niemand die Schleier wegzuziehen vermag."
„Ich habe eine Geschichte begonnen, mit dem Ausgang bin ich nicht zufrieden."

Helmut lachte auf und sagte:
„Du hast Dichtung und Wahrheit verschmolzen, es gibt hier keine Kläger und keine Richter. Ich wollte deine Geschichte hören, viele Ungewissheiten bleiben bestehen."
„Der Unfall bei der Kreuzung ist eine Tatsache."
„Gewiss," sagte Helmut. „Die Freiheit des einen hört auf, wo die Freiheit des Andern anfängt. Wohin gehst du jetzt?"
„Ich reise zurück."
Er stand auf und wollte gehen. Da öffnete sich die Türe, und herein trat ein älterer Herr mit einem Bart. In der Hand trug er eine Mappe. Er stellte sich als Kommissar Sörensen vor und sagte:
„Sie wurden von meinem Kollegen über den Fall orientiert, so weit wir das überhaupt können. Nun wissen wir, wer der Vermisste vielleicht sein könnte. Einer aus ihrem Lande. Geben Sie mir Ihre Adresse an!"
Cédric gab die Adresse seines Cousins Frédéric Musy aus Raboud an, zu dem er zurückkehren wird.
„Und die Personalien des Vermissten."
Er sagte: „Wolfgang Marty, zirka 27 Jahre alt, wohnte bei seiner Mutter, das ist Frau Marty Patrizia in Urnen."
Er kannte die vollständige Adresse dank eines Briefes, den Frau Marty ihm nach Amerika gesandt hatte.
„Grosse Hoffnungen haben wir nicht. Es verschwinden immer wieder Menschen."
Er blickte auf ein Papier, das er aus der Mappe genommen hatte. Er sagte:
„Über die Art seiner Verletzungen schweigen die Ärzte. Es ist auch denkbar, dass eine private Person oder Organisation sich seiner angenommen hat. Aber es fehlen Dokumente, die eine solche Möglichkeit verstärken könnten."
„Und Ihre Adresse?" wagte Cédric zu fragen.
Er bekam eine Visitenkarte.
„Orientieren Sie Frau Marty. Sie wissen nun etwas mehr über den Fall," sagte Sörensen.
Mit einem kurzen Gruss verschwand der Kommissar aus dem Zimmer. Enttäuscht, aber auch erleichtert, nahm Cédric von

Helmut Abschied. Er kehrte in die Spelunke zurück, wo er seine Geschichte erzählt hatte. Ihm war ein kleiner Erfolg beschieden, das stellte er ernüchtert fest. Er wusste jetzt, Wolfgangs Aufenthaltsort war unbekannt.

Cédric Musy fluchte bei einem Bier vor sich hin. Er meinte, alle blicken auf ihn und warten auf eine neue Geschichte. Aber der Enttäuschte war nicht bereit, nur ein einziges Wort zu sagen. Er hatte Kopfschmerzen. Ihn plagten Schwindelgefühle, ähnlich wie am Anfang der Begegnung mit Helmut. Er dachte in diesem Augenblick an Elinor, die weit von ihm entfernt lebte, an Wolfgangs Mutter, die auf ein Lebenszeichen ihres Sohnes wartete.

Die Wirtin kam noch zweimal an seinen Tisch. Er trank und vergass. Eine verworrene Welt flammte vor seinen Augen auf. Eine Welt, in der keine Gebote mehr zählten. Wie harmlos oder verhängnisvoll war für ihn das Ereignis vor der Strassenkreuzung?

Auf dem Weg zum Hotel in Gedanken versunken, die ihn von einem Drucke befreien sollten:

‚Wolfgang, bist du schon in den himmlischen Sphären? Lass es uns doch wissen! Bitte Gott Vater, dass er einen Engel aussende, der verkündet, dass du oben bist. Denke an die Mutter, die auf Fragen der Nachbarn keine Antwort zu geben vermag, wo du bist, die schweigt und leidet. Und wenn du noch auf der Erde bist, den Sinn des Lebens suchst, berichte jenen, die du kennst! Sie sind nicht vergesslich. Die Erinnerungen an dich sind nicht versunken. Was ist in dich gefahren, dass du schweigst?'

11

Auf der Rückreise. Die Hafenstadt war eine Zwischenstation, und was für eine! Hier wurde, vor seiner Überfahrt nach Amerika, die Schale aufgebrochen und der Kern der

Geschichte blossgelegt. Aber ihm kam es vor, niemand wolle die Schale finden und den Kern durchleuchten. Der Polizist Helmut besass die Möglichkeit, nach dem Kern der Geschichte zu forschen. Aber er war ohne Pflicht und Sorge, fragte nicht, warum Cédric zurückkehrte.

Vorwärts, dem Süden zu! Nach dem Grenzübertritt kündete er dem Cousin Frédéric in Raboud seine Ankunft an. Raboud war eine kleine Ortschaft, in der Nähe des Moléson, inmitten einer ansteigenden Hügelzone. Es war schön, in dieser Gegend anzukommen, wo niemand ihn erwartete -ausser Frédéric und seine Familie - und keine Person eine Ahnung hatte, welche Ereignisse ihn in der Fremde formten. Bei Frédéric wohnte er, bevor er wegging. Es hatte sich hier nicht viel verändert. Der Apfelbaum trug Früchte, als er vor Jahren wegging. Es war jetzt Spätherbst. Wenige Blätter hingen an den Ästen.

„Du bist wieder gesund zurückgekommen, erzähle von deinen Abenteuern. Wie weit bist du gekommen?"

„Ich war in Amerika, in der Nähe von New York".

„Du wolltest in den hohen Norden."

„Ich änderte meine Pläne."

„Wovon lebtest du in Amerika?"

„Ich hatte Glück, ich arbeitete in der Hotellerie."

„Warum kamst du zurück?"

„Ich wollte nicht ewig dort bleiben."

„Frauengeschichten?"

„Worauf willst du hinaus? Wenn du es wissen willst, ich lernte Elinor Amerikanerin. Dank dieser Beziehung fand ich eine gute Stelle."

„Verliebt?"

„Das Mädchen war mehr in seine Mutter verliebt als in mich."

Ach, diese Fragen von Daheimgebliebenen! Sie wenden sich Äusserlichkeiten zu und heften sich an Ereignisse, die sie am liebsten selber erfahren hätten.

„Warst du allein auf der Hinreise?"

Sein Blick verfinsterte sich, als er antwortete:

„Es lauern überall Gefahren. Ich lernte auf der Hinreise einen Landsmann kennen, einen Glarner namens Wolfgang Marty, der in der
Hafenstadt einen Verkehrsunfall erlitten hatte. Dies geschah kurz vor der Abreise nach Amerika. Ich wusste deshalb nicht, wie lebensbedrohend seine Verletzungen waren. Ich besass die Adresse seiner Mutter. Aus Amerika schrieb ich ihr einen Brief und fragte nach dem Sohne.
Sie hatte weder vom Unfall eine Nachricht erhalten noch wusste sie, in welchem Lande er sich aufhielt. Bei der Rückkehr erfuhr ich von der Polizei, dieser Glarner litt als Unfallfolge an Gedächtnisstörungen."
Der Cousin blickte ihm in die Augen und sagte:
„Ist das die Wahrheit?"
„Was ich sage, klingt kompliziert. Aber Wahrheiten sind nicht immer einfach. Fragen bleiben offen."
Frédéric sagte:
„Berührt dich diese Geschichte? Mir ist sie gleichgültig. Dass du sie erzählst, ist bemerkenswert."

Wie mühsam war es, sich aus der Beziehung mit Wolfgang zu befreien. Diese Beziehung verfolgte ihn, auch wenn sie äusserlich längst nicht mehr bestand.
„Ruhe dich aus! Du bist müde", sagte Frédéric, „vielleicht hast du später Lust, die Geschichte genauer zu erzählen."
„In den nächsten Tagen suche ich Arbeit. Wie ist der Markt?"
„Nicht schlecht. In der Stadt am See sucht eine amerikanische Firma Fachleute. Deutsch, Französisch und Englisch in Wort und Schrift. Gutes Salär. Ich würde mich melden. Und in der Hotelbranche sind auch Stellen offen," sagte Frédéric.
„Ich werde mich umsehen," sagte Cédric. Er dankte für den Hinweis und versprach, ein anderes Mal mehr über seine Reise zu erzählen.
„Hat sie sich gelohnt?"
„Eine Reise lohnt sich immer. Die Begegnung mit dem Glück des Andern, mit der Vielfalt und Schönheit der Welt, wie auch die Berührung mit dem Elend und der Not unter den Menschen,

warum kann uns das an Erfahrungen nicht reicher machen und nachdenklich stimmen?"
Fabienne, Frédérics Frau, servierte das Essen. Sie tranken einen Grand Vin La Côte. Im Dorfe hatte sich nicht viel verändert. Man war über die existentiellen Nöte und Ängste der Nachbarn bestens orientiert. Krankheiten wurden nicht verschwiegen. Und der Sonntag war der Tag, wo man sich in der Kirche zeigte und ein kräftiges Amen zu hören war.
Cédric spürte, hier auf dem Lande könnte er nicht mehr leben.
Fabienne, Frédérics Frau, meinte während des Essens: „Es gibt Ungereimtes in unserer Welt, es gibt den Hunger und die Armut unter den Völkern. Die Frage sei gestattet: Ändert das unser Leben?"
„Wir sind Egoisten," antwortete Cédric, „es ändert sich nichts in uns."
Frédéric mischte sich ein:
„Wollen wir die Not anderer Menschen kennen und das eigene Elend verbergen?"
„Ist das nicht übertrieben? Gross ist unser Elend nicht, dass wir es verbergen müssen," entgegnete Cédric.
Er spielte mit dem Feuer. Schuldgefühle stiegen auf. Sie betrafen den Diebstahl, das Handeln gegenüber Wolfgang. Frédéric und seine Frau meinten unter dem Worte ‚Elend' etwas anderes.
Es war ein riskantes Spiel, das er zu spielen begann. Konnte er verraten, dass er wegen einer ruchlosen Tat zurückkehrte? War es möglich, den Raub zu gestehen? Er stünde im dunkelsten Lichte vor ihnen, verlöre sein Gesicht. Was sollte er tun? Er wählte das Überspielen seines inneren Zustandes.
Fabienne meldete sich:
„Ich habe in der Küche draussen gehört, wie du von einer Begegnung mit einem Glarner erzähltest. Wie ist die Geschichte mit dem Unfall verlaufen? Ist dieser Junge tatsächlich vom Erdboden verschwunden?"
„Ja, verschwunden, unauffindbar. Vielleicht zog er sich irgendwo im Norden in die Einsamkeit zurück. "

„Du kannst ihn nicht vergessen," meinte Frédéric.
„Die Ungewissheit quält," antwortete Cédric. „Ich war entschlossen, Frau Marty über den Unfall zu orientieren. Übrigens war er in der Klinik ein Unbekannter, denn er trug keine Papiere auf sich. Ich könnte Frau Marty persönlich aufsuchen."
„Das wäre des Guten zu viel, in die Ostschweiz zu reisen," meinte der Cousin.
„Das wäre vielleicht eine Güte vorgespielt, die gar keine Güte sein kann? "
„Einfach wäre es nicht, der Mutter die Geschichte über den Unfall zu erzählen. Aus purer Rücksichtnahme müssten Auslassungen vorgenommen werden."
Fabienne nahm nicht mehr am Gespräch teil. Sie hatte seit Morgen früh im Unterkiefer Zahnschmerzen. Sie ging in die Küche hinaus und schluckte eine Tablette.
Frédéric sagte: „Am Anfang berührte mich diese Geschichte kaum. Jetzt spüre ich, hinter ihr verbirgt sich mehr: das Scheitern einer Existenz, das Gleiten einer Reise in das Ungewisse."
Cédric lehnte sich auf dem Diwan zurück und sagte:
„Ihr habt erwartet, dass ich über die Zeit in der Fremde etwas erzähle, das habe ich nun getan."
„Ich spüre," sagte Frédéric, „deine Geschichte ist nicht abgeschlossen. Du kannst sie auch nicht verschweigen, das käme einem Vergessen gleich."
„Du hast recht," meinte Cédric. „Ich hoffe, bald eine Stelle zu finden, am liebsten in Genf, wo ich meine sprachlichen Fähigkeiten einsetzen kann. Ich schätze aber auch die Privatsphäre, wo sich vieles offenbart. Es ist eine Kunst, die richtige Balance zu finden zwischen dem Privaten und dem Wirken an einer öffentlichen Stelle. Vielleicht wird der vermisste Wolfgang eines Tages doch noch in seine Heimat zurückkehren können."
Bei diesen Worten funkelten Frédérics Augen. Er sagte: „Du kannst diesen Wolfgang, den einzigen Sohn von Frau Marty,

nicht vergessen Dieses Nichtvergessen muss seine Gründe haben."
Cédric spürte ein seltsames Unbehagen. Er schwieg und wandte sich von ihm ab.

Fünfter Teil

12

Im ‚Friedberg'.
Fastnachtstag. Momente der Freude. Vom Dorfe kamen Musikanten und Maskierte. Die Eintönigkeit war für eine Weile verbannt, die melancholische Stimmung aufgelöst.
Melanie war glücklich, Patrizia Marty zu sehen, wie sie ein Tänzchen mit einem Maskierten begann. Überhaupt musste sie staunen über Patrizias gute körperliche und geistige Verfassung. Sie hatte sich von einer Erkältung erholt, Gespräche während einiger Tage brachten neue Erkenntnisse an den Tag.
Melanie brauchte nur einen Anstoss zu geben, und schon öffnete die Patientin das Herz. Sie staunte von neuem, wie Vorgänge zu beobachten waren, die das Schicksal des verschollenen Sohnes berührten.
„Es kam ein Brief aus Amerika?"
„Das ist lange her. Er klärte nicht auf, er verwirrte eher. Dieser ‚Amerikaner', der mit Wolfgang reiste, kehrte in die Heimat zurück. Er besuchte mich und erzählte, Wolfgang habe einen Unfall erlitten. Mehr bekam ich nicht zu wissen. Dieser Cédric Musy, wie er sich mir vorstellte, war nett zu mir, gab sein Bedauern über meine Lage zum Ausdruck. Er deutete seinen Fehler an, Wolfgang nicht länger begleitet zu haben. Dass niemand den Aufenthaltsort wusste, bedauerte er sehr."

Melanie antwortete mit pointierter Stimme: „Dieser Musy hält sich für unschuldig, gerade darin liegt vielleicht seine Schuld."
Sie nahm sich Zeit, beim Thema zu bleiben, wie in ihrer früheren Praxis bei einem Rechtsfall. Beim Thema bleiben und es überwinden. Vor zwei Tagen wollte eine geistig Verwirrte beim Gespräch im Zimmer anwesend sein. Sie wurde weggewiesen. Vertraulichkeit musste gewahrt bleiben.

Etliche Möglichkeiten durchdachte sie: Ein Verbrechen, Verwirrung nach dem Unfall, ohne Hoffnung und Hilfe auf eine Rückkehr. Vielleicht gehbehindert. Der Weg in ein zurückgezogenes Leben. Ein Aufsteigen von Schande und Scham, weil das Reiseziel verfehlt wurde. Fehlendes Vertrauen in menschliche Beziehungen.
Es war schwierig, herauszufinden, welche Überlegungen der Wirklichkeit am nächsten kamen.
Melanie meinte, warum ein Spiel wählen, in dem sich die Zahl der Möglichkeiten ständig erhöht?
Sie bemerkte während diesen Gesprächstagen, wie Patrizia nach einer Haltung rang, um den Schmerz der Trennung zu verbergen. Vielleicht war es auch der Glaube, der sie stärkte und ihre Hoffnungslosigkeit besiegte.
Sie erlebte immer wieder Überraschungen. Patrizia zog eines Tages beim Schrank eine Schublade heraus, nahm zwischen den Hemden einen Brief hervor und sagte:
„Einige Jahre später kam ein Brief von Musy. Ich hatte diesen Freiburger schon längst vergessen. Ich wohnte noch in meinem Einfamilienhaus."
„Was stand in dem Briefe?"
„Eine Zahlungsanweisung durch eine Bank wurde angekündigt," sagte sie lachend.

„Traf das Geld auch ein?"
„Natürlich traf es ein. Was sollte ich tun? Die Annahme verweigern?"
„Die Geste eines Schuldgefühls, weil er Wolfgang auf seiner Reise zu früh verlassen hatte?"
Die Kirchenglocke läutete. Erinnerungen an die Jahre im Einfamilienhaus. Es war Essenszeit. Frau Marty humpelte ohne Hilfe durch den Gang und betrat den Essraum. Sie hatte heute Appetit.
Melanie hinterfragte Musys Verhalten. Warum fühlte dieser Cédric sich verpflichtet, ihr etwas zu geben? Er schuldete ihr nichts. Er verstiess nach ihrem Wissen nicht gegen Gesetz und Moral.

13

Patrizia liebte die Gespräche mit Melanie, antwortete gehorsam auf ihre Fragen. Der Wirkung ihrer Aussagen war sie sich kaum bewusst.
Melanie war vorsichtig. Mit gutem Willen tastete sie sich vor.
„Wann geschah das alles?"
Schweigen und Nachdenken.
„Vor langer Zeit."
Hatten Nachforschungen einen Sinn? Melanie sah vor Tagen das Datum auf dem Briefkopf.
Nach dem Essen, beim Kaffee in der Halle, kam die Frage:
„Wie gross war der Betrag von Musy?"
Nebenan Gelächter. Dann ein Aufschrei. Eine Kaffeetasse fiel auf den Boden und zersprang in Scherben.
„Der Betrag hatte die Grösse des Startkapitals, das ich Wolfgang auf die Reise mitgegeben hatte."
Melanie stand auf und las die grösseren Scherben vom Boden auf. Eine Mitschwester war schon mit dem Besen da und wischte den Rest in eine Schaufel.
Der Lohn ihrer ganzen Neugier wurde plötzlich sichtbar. So nebenbei und unerwartet kam die Antwort, die Melanie aufhorchen liess.
„Der gleiche Betrag," murmelte Patrizia, und sie rechnete. Nach einer Pause setzte sie ihr Murmeln fort und wiederholte:
„Das ist schon lange her."
Melanie schloss die Möglichkeit nicht aus, die Mutter werde die Erde verlassen, ohne die Rückkehr des Sohnes zu erleben. Cédric hatte Wolfgang getroffen, ihn ausgeraubt und mit dem Geld suchte er das Weite. Zorn stieg in ihr auf. Bedurfte es noch langer Erörterungen?

Sie dachte an ihre frühere Tätigkeit als Anwältin. Bei schwierigen Fällen sagte sie oft: ‚Das sind schillernde Seifenblasen, die von innen her zum Platzen zu bringen sind.'
Im Korbsessel sass Mutter Patrizia. Ohne Auflehnung. Ahnungslos, was Musy war. Hätte es ihr nicht früher, spätestens dann, als die Zahlungsanweisung eintraf, auffallen müssen, dass dieser Cédric sich selbst verriet? Was war zu tun? Wolfgang blieb verschwunden, Cédric Musy lebte noch, irgendwo in der Westschweiz.
Melanie musste handeln. Sie entwickelte Fähigkeiten, wie sie ein Detektiv entwickelt, wenn er kurz vor der Aufklärung eines Verbrechens steht. Sie war motiviert, diesen Cédric aufzusuchen. Sie fand heraus, wo er wohnte.
Er lebte in Lausanne, war Kellner in einem bekannten Hotel, hatte eine Dreizimmer-Wohnung an der Avenue d' Ouchy. Ferner vernahm sie - als frühere Anwältin hatte sie das Netz ihrer Beziehungen auswerfen lassen - dass dieser Musy mit einer Freundin zusammenlebte, diese war eine Amerikanerin und hiess Elinor Thompson.
Melanie Moser auf der Hinreise an den Genfersee. Als der Zug kurz vor dem Ziel aus dem Tunnel fuhr, war sie von der Landschaft fasziniert. Ein einzigartiger Ausblick! Das Herz schlug höher. Die Gedanken an die kommende Begegnung vermochten die Freude über die Schönheit der Landschaft nicht zu dämpfen.
Dass Musy einer Begegnung zustimmte, war für sie ein Erfolg. Sie schrieb ihm, sie betreue Frau Marty im Pflegeheim und wolle einen Vorgang aufklären, der im Zusammenhang mit Wolfgangs Reise stünde.
Sie trafen sich in einem Lokal, wo noch andere sich zu Gesprächen versammelten.
„Die Bekanntschaft mit Wolfgang liegt weit zurück, wie sollte ich mich darüber kompetent äussern können?"
„Herr Musy, es liegen Fakten vor, die bis in die Gegenwart die Wirkung nicht verloren haben. Sie schrieben Frau Marty, sie besuchten sie sogar, Vor allem machten Sie ihr eine

Zahlungsüberweisung. Keine Instanz auf der Welt verlangte das. Warum haben Sie das getan?"

Diese Frage brachte ihn einen Augenblick in Verlegenheit. Er wusste nicht, welche Absicht hinter der Frage steckte. An die Oberfläche gelangten Erinnerungen, welche die Begegnung mit Wolfgang im Zuge und in der Hafenstadt berührten. Er staunte, wie diese wieder eine Bedeutung gewannen. Was wollte diese Melanie Moser? Er war ein wenig vorbereitet, nachdem er das Einverständnis zu diesem Treffen gegeben hatte, ahnte aber nicht, was auf ihn zukam. Er war auf einer Gratwanderung, wo er sich zwischen Wahrheit und Lüge entscheiden musste. Hatte er sich vor Jahren entschieden, und er musste diesen Entscheid von Zeit zu Zeit unter Beweis stellen?
Er erklärte:
„Ich hatte das Geld Wolfgang weggenommen. Das war ein Fehler. Ich machte durch die Rückgabe den Fehler wieder gut."
„Sie beraubten ihn, dieser Raub hatte Folgen."
Musy sass ruhig da und schwieg eine Weile. Sie fuhr fort:
„Der Raub hat einen Zusammenhang mit Wolfgangs Verschwinden."
„Sie ziehen Schlüsse, die nach so vielen Jahren keine Beweiskraft haben."
„Das Motiv Ihres Handelns ist mir unbekannt. Immerhin war es schon damals ein Betrag von respektabler Grösse."
„Woher wissen Sie das?"
„Der Betrag, den Sie Wolfgangs Mutter überwiesen, entsprach dem Betrag, den diese ihrem Sohn auf die Reise mitgegeben hatte. Frau Marty verriet mir die Höhe Ihres Beitrags."
Musy sagte betroffen:
„Die Tat beraubte mich lange Zeit meiner Fröhlichkeit."
„Sie glauben, alles sei wieder gut?"
„Nein, das glaube ich nicht. Ich hätte der heutigen Begegnung ausweichen können."
„Brachte Ihnen das Geld das ersehnte Glück?"

„Es ermöglichte mir, nach Amerika zu reisen und eine Existenz aufzubauen."
„Sie kehrten zurück."
„Der Versuchung, die während einer zufälligen Begegnung sich auftürmte, war ich nicht gewachsen. Die Schuld erwies sich im fremden Land als eine Ursache meiner Unfähigkeit, zu mir selbst zu kommen. Ich kehrte zurück und suchte einen Weg, mich von der Last zu befreien. Ich fand ihn, indem ich den geraubten Betrag bis auf den letzten Rappen zurückerstattete."
„Damit war die Sache für Sie erledigt? Das kann nicht wahr sein," erklärte Melanie.
„Die Zeit verstrich. Nie war es eine schuldlose Zeit."
„Sie verdrängten die Folgen der Tat. Der Beraubte ist bis zum heutigen Tage verschwunden."
Musy erzählte, etwas widerwillig, von dem Unglücksfall und über die Begegnung mit dem Polizisten Helmut, der ihm sagte, Wolfgang habe den Unfall mit schweren Folgen überlebt. Bei der Wiedergabe dieser Vorkommnisse wurde ihm klar, der Sachverhalt war nie vollkommen darzustellen. Erneut der Versuch, wie bei Elinor in Amerika, in weisser Weste dazustehen für das, was sich nach dem Raub abgespielt hatte. Er verschwieg die Bedrohung vor dem Hotel auf der Strasse und die aufsteigende Lust, die Tasche zu rauben. Konnte er verstehen, warum Wolfgang panikartig neben einem Fussgängerstreifen auf die Strasse rannte und den Unfall verursachte? Die Vernunft sagte ihm: Du hast ihm das Geld geraubt, das hast du zurückgegeben. Wer will Beweise auf den Tisch legen, dass mein Verhalten den Unfall auslöste?
Madame Moser sagte:
„Beide Ereignisse, der Raub wie der Unfall, sind miteinander verquickt."
„Warum kümmern Sie sich um diesen Fall? Sie betreuen Frau Marty. Gehen Sie nicht zu weit, wenn Sie die Vergangenheit einer Patientin ins Licht stellen, die eine Umgebung längst ausgeleuchtet hat."

"Was schon ausgeleuchtet ist, entzieht sich mir. Ich glaube, ein kausaler Zusammenhang zwischen dem Raub und dem Unfall ist nicht zu bestreiten."
Musy verspürte weder ein Wohlbehagen noch war er glücklich auf seinem Stuhle. Er veränderte seine Körperhaltung und reckte sich empor, als müsste er sich von einem Drucke befreien. Er sagte:
„Sie kommen mir vor wie ein Anwältin, sie sind doch eine Pflegefachfrau."
„Ich bin beides," sagte sie zu seiner Verblüffung. Sie erklärte ihm ihre gegenwärtige Position. Er meinte darauf:
„Sie entpuppen sich als Anwältin und machen mir die Hölle heiss."
„Wäre ich nur eine Fachfrau in der Alterspflege, hätte ich nie den Einfall gehabt, Sie anzurufen. Mutter Patrizia ist auf Hilfe angewiesen und hofft, noch lange im Heim leben zu können. Sie sucht keinen Schuldigen. Den kleinen Vorkommnissen im Alltag kann sie noch Aufmerksamkeit schenken. Es gibt Patienten, welche schon das Tor einer andern Wirklichkeit sehen. "
„Heute spielen Sie eine Anwältin, " sagte Musy.
„Und was spielen Sie?"
„Ich spiele nicht. Gerne würden Sie mir eine Rolle zuspielen."
Die Anwältin sagte:
„Keine Angst, eine Anklage wegen ihres Raubes wird nicht erhoben. Zu viele Jahre liegen zurück."
Er sagte:
„Was wollen Sie eigentlich? Hören Sie auf, ich mag das nicht hören. Ich habe zurückgegeben, was ich genommen."
Und in einem vorsichtigen Tone fuhr er fort:
„Sie sind heute eine Anwältin, morgen werden Sie wieder die Funktion einer Pflegefachfrau ausüben."
Sie nickte.
„Sie wissen nicht, welche Gedanken mich seit ihrem Anruf beschäftigten. Ich glaubte damals auf der Hinreise, die Macht des Stärkeren zu besitzen und war getrieben, diese bis zum Äussersten anzuwenden."

„Diese Gedanken führten in die Schuld."
„Sie lebt wieder auf, wenn ich Ihre Stimme höre."
„Wolfgang fürchtete sich," sagte sie.
„Sie ahnen nicht, was sich in kurzer Zeit zwischen uns beiden abspielte."
„Das soll keine Rechtfertigung sein," sagte die Anwältin. „Sie führten ihn in eine Situation, wo er gezwungen war, eine Antwort zum Guten oder Bösen zu geben. Er entschied sich weder für das eine noch für das andere. Seine Antwort war die Flucht auf die Strasse."

Er blickte sie fragend an und suchte nach den Gründen ihrer beruflichen Verwandlung. Als Anwältin traf sie ins Schwarze, ihrer Argumentation hatte er nichts hinzuzufügen. Als Pflegerin müsste sie sich anders verhalten. Der Liebesdienst, die Zuwendung zu den schwachen und alten Menschen kennen Angriffe und Blossstellung des Andern nicht. Und doch war diese Schwester die Pflegerin von Wolfgangs Mutter. Es lag in dieser Aufgabe eine Berechtigung, ihn in die Zange zu nehmen. Ihm kam das Bild eines Polypen in den Sinn, der zuerst einen, dann einen zweiten und dritten Fangarm ausstreckt und dem Opfer anheftet.
Er war das Opfer.
Was war zu tun?
Melanie Moser sagte:
„Die Schuld war bei Ihnen später eine Antriebskraft zum Guten."
„Ich staune, wie Sie auf so raschem Wege zu dieser Aussage kommen. Kennen Sie mich wirklich? Warum suchen Sie mich auf? Kommen Sie zu mir, um zu sehen, wie gefährlich ich bin?"
„Nein," wehrte sie ab, „Sie haben getan, was Sie tun konnten."
„Was wollen Sie?"
„Wir reden in Rätseln, so lange wir nicht wissen, ob Wolfgang noch lebt."

„Wahrscheinlich werden wir es nie wissen," sagte Cédric. „Das macht meine Unruhe verständlich. Und wie steht es mit Frau Marty?"

Melanie, schon ein Tag vor der Hinreise fest entschlossen, sich Klarheit über einen Menschen zu verschaffen, der Reue zeigte. Sie musste ihn kennen lernen. Nach so vielen Jahren ihn noch zu finden, war ein kleiner Erfolg.

Was trieb sie zu dieser Begegnung hin? Sie denkt an ihre frühere Tätigkeit. In Akten schnüffeln? In diesem Falle kennt sie keine Akten. Das Leben eines Verschollenen aufspüren, der irgendwo im hohen Norden Europas lebt oder vielleicht bereits schon in himmlischen Sphären seinen Frieden gefunden hat?

Wo kann sie sich mehr verwirklichen, in der Entdeckung von Spuren faszinierender Lebensgeschichten oder in der Hingabe und Aufopferung für hilfsbedürftige Menschen? Wo kann sie über sich selbst hinauswachsen? Müsste sie nicht zurückkehren, sich anderswo verausgaben, die eigenen Interessen zurücknehmen, statt aufklären, statt Spürhündin spielen? Den Ehrgeiz ablegen, durch den keine Fröhlichkeit ins Herz dringen kann?

Nach seiner Rückkehr hatte Musy ein neues Leben begonnen. Er hatte sich aufgefangen. Vielleicht entdeckte er in dem gewählten Land die Angst vor der Einsamkeit und Verlorenheit. Er wollte zurück in die ursprüngliche Gemeinschaft. Es durfte kein Stillstand geben und kein Zögern. Es ist natürlich nicht bekannt, wie stark die Erinnerungen seine neue Stelle beeinflussten.

Nun kam eine Person daher, die ihn überraschte, die ein Licht auf seine Vergangenheit werfen wollte. Zu spüren war der Ehrgeiz einer Person, die zwei Rollen spielte.

Musy war vor Jahren überzeugt, die wirtschaftliche Lage erlaube es ihm, den Betrag zurückzuerstatten. Das war ein Glücksfall. Er ahnte nie, das Glück könnte durch das Verhalten einer schnüffelnden Person wieder verschwinden. Melanie Moser, in die Rolle einer Anwältin geschlüpft, wie eine

Erscheinung aus einer anderen Welt. Was wusste denn diese Anwältin über ihn?

Er glaubte nicht, dass sie zu ihm kam, um zu richten. Oder sich anmasste, die Dimension menschlicher Handlungen auszuloten. In ihr waren zwei Rollen, und sie versuchte, in beiden aufzutreten, was raffiniert durchdacht war. Einen Menschen bedrängen und gleichzeitig sich pflegebedürftigen Menschen zuwenden?
 Am Schlusse fragte er:
  „Werden Sie etwas unternehmen?"
 „Nein," sagte sie.
Dem Nein folgte keine Erklärung. Ihm war, er höre jetzt wieder die Stimme einer Pflegerin und nicht die einer Anwältin.

14

Melanie Moser sagte, sie übernachte in einem Hotel am See und reise erst am nächsten Tag ins Glarnerland. Musy stieg in die Metro und fuhr bergwärts zur Wohnung. Elinor wartete gespannt auf seine Heimkehr.
„Was wollte Frau Moser?"
„Sie betreut die Mutter des Verschollenen. Sie gab sich als Anwältin
aus."
„Anwältin?"

„Ja, du hast richtig gehört. Für eine bestimmte Zeit gab sie ihre berufliche Tätigkeit auf und arbeitet in einem Pflegeheim. Dort lernte sie Frau Marty kennen und hörte die Geschichte über den verlorenen Sohn."

Als Elinor das hörte, waren ihr keine Augenblicke frommer Versenkung geschenkt. Sie wollte mehr wissen.

„Stell dir vor, sie wusste sogar, dass ich den geraubten Betrag zurückerstattet hatte.

Ein Vorfall vor vielen Jahren."

„Ich erinnere mich noch des glücklichen Gefühls dieser Wiedergutmachung. Ich habe dir darüber geschrieben. Du hast dich gewundert, dass ich das getan hatte."

„Ich überlegte mir damals, ob ich dich besuchen sollte. Und du warst nicht abgeneigt, mich wiederzusehen."

In einem Ton, aus dem zunächst ein gewisser Stolz hervorbrach, sagte Cédric:

„Ich fand eine gute Stelle, wie ich dir geschrieben habe, aber ich war allein. Und wenn man glaubt, allein zu sein, ist man eben nicht allein."

„So schnell ging es nicht, bis wir uns wieder begegneten."

„Ich weiss. Meine Gedanken waren oft bei dir, wenn ich dies auch nie eingestanden hatte. Aber als deine Mutter Catrin plötzlich starb, rückte deine Absicht, mich zu besuchen, in den Vordergrund."

„Besuchen?" sagte sie betroffen. „Erst nach langen Abklärungen war der Entscheid gefällt: Auch ich will ein neues Leben beginnen. Warum nicht in deiner Nähe?"

„Ach, lassen wir das! Überspringen wir die Jahre und die Schwierigkeiten, die zu überwinden waren. Heute bin ich glücklich, in einer Firma in der Nähe von Genf tätig zu sein, wo nur Englisch gesprochen wird."

„Du hast die Kraft gefunden, neu zu beginnen."

„Ich weiss nicht, wo ich ohne deinen Einfluss heute stünde."

„Wie haben eine Wandlung durchgemacht."

„Und was für eine!" rief Cédric aus.

„Was wollte die Anwältin?"

Er spottete: „Mich auf Herz und Nieren prüfen, ob ich nicht nur ein Dieb, sondern auch ein Mörder sei."
„Du übertreibst wieder. Alles würde sich ändern, wenn Wolfgang uns ein Lebenszeichen gäbe."
„Mach dir keine Hoffnung! Nach so vielen Jahren ist es aussichtslos, ihn zu finden. Die Anwältin machte nicht die geringste Anstrengung, zur Aufklärung etwas beizutragen. Sie muss doch einsehen, mit ihren Nachforschungen ist kein Lorbeerkranz zu holen."
„Als Frau Moser sich als Anwältin vorstellte, überfiel mich ein unangenehmes Gefühl. Ich wusste nicht, was sie bezwecken wollte. Mir nach all den Jahren Angst einjagen, ich hätte..."
„Cédric," sagte Elinor entschieden, „das ist doch alles vorüber. Keine Anwältin kann ermessen, was du und ich an Erfahrungen durchgemacht haben. Wir wollen die Tugenden, die wir gemeinsam erworben haben, nicht wieder verlieren."
„Ich glaube, sie war überrascht, einen reumütigen Menschen angetroffen zu haben. Einen ruhigen Menschen, ohne tausend Schliche und Listen. Sie zog zwei freie Tage ein, um Anwältin zu spielen. Dieses Spiel war ihr misslungen. Ich habe ein Gespür für Stimmen und Stimmungen. Gegen den Schluss wirkte sie sanft, drohende Gebärden fehlten. Sie verstand meine Wirklichkeit, mein Leben, unser Leben. Sie kam als Pflegerin, im Verlauf der Unterhaltung entpuppte sie sich als Anwältin, die ein Verbrechen witterte. Am Schlusse war sie wieder eine gütige Person."
„Ich staune, wie du sie beschreiben kannst. Ich hätte sie gerne getroffen," sagte Elinor.
„Was ging in ihr vor, dass sie sich entschied, in einem Pflegeheim zu
arbeiten?"
„Ein merkwürdiger Wechsel. Wer kann ihn verstehen?"
Am Morgen um sieben Uhr des folgenden Tages stieg Elinor Thompson in den Zug und fuhr Richtung Genf. In der Nähe der Stadt war ihr Arbeitsplatz. Sie stand heute unter Zeitdruck. Es kamen Gäste aus England, Technologiespezialisten, die das Unternehmen kennen lernen wollten. Ihre Aufgabe

bestand darin, persönliche Kontakte herzustellen und zu vertiefen.

Cédric hatte einen freien Tag und spazierte von der Wohnung an den See. Schon beim Aufwachen dachte er an Melanie Moser. An ihren Blitzbesuch, an den Versuch, eine Wirklichkeit aufzudecken, die gar nicht mehr aufzudecken war.

In einem Bistro trank Cédric seinen Espresso und las die Zeitungen. Das war sein Hobby an Tagen, an denen er allein war, und Elinor arbeitete. Sein Interesse galt deutschen, französischen und englischen Zeitungen. Er schätzte die Vielfalt der Meinungen. Oft nahm er das Gespräch mit einem Tischnachbarn auf. Heute beginnen mit dem Wetter? Nein, das nicht! Der Andere am Nebentisch, vermutlich ein Rentner, bestellte einen zweiten Espresso, las weiter in seiner Zeitung. Mit der rechten Hand berührte er sein Kinn, die Augen starrten auf einen Artikel. In seinem Ausdruck eine Anspannung, die sich auflöste, als Cédric sagte:

"Was Neues?"

„Immer das Gleiche. Eine gigantische Sinnlosigkeit auf dem Papier. Unnützes und Eitles. Die Fakten haben Anziehungskraft, das ist nicht zu leugnen."

Er legte einen Würfelzucker in seinen Espresso und warf einen Blick auf die letzte Seite der Zeitung. Nach einer Weile sagte er:

„In der Stadt wird ein junger Mensch vermisst. Hier ist sein Bild. Ich glaube, ihn schon gesehen zu haben."

Es war verständlich, dass Cédric jetzt an Wolfgang dachte.

Sechster Teil

15

„Sie ist wieder da, sie ist wieder da!"
Jene, die noch hörten und verstanden, was sich in der Umgebung abspielte, nahmen Melanies Rückkehr zur Kenntnis.
„Ich befürchtete, sie komme nie wieder."
„Ihr Lachen fehlte," sagte eine andere.
„Ich werde sie fragen, wo sie war."
"Ihre Rückkehr war ungewiss."
„Warum sollte es ihr bei uns nicht gefallen? Wir sind keine undankbaren Menschen."
Gesprächsfetzen, zu hören in den Korridoren, Zimmern, Sälen. Formen des Ausdrucks jener, welche die Sprache noch besassen. Die Augen Verstummter verrieten andere Botschaften. Ein Flehen nach Verständnis, ein Sehnen nach der Gnade eines milden Todes. Schwächer die Zeichen des Widerstandes gegen das kommende Ende.
Einladung zur nachmittäglichen Unterhaltung bei der Veranda. Aus den Lautsprechern volkstümliche Musik und Jodelgesänge. Die Klänge lösten wenig Spontaneität aus. Eine Neunzigjährige artikulierte undeutlich: „Dieses Jodellied ist von..., ach, ich habe den Namen vergessen."

In ihrer einstigen Anwaltspraxis musste Melanie menschliche Torheiten ertragen, Bösewichte zur Vernunft bringen, den Stolz der Täter brechen, den Irrtum aufdecken, die Wahrheit nicht als Lüge und die Lüge nicht als Wahrheit gelten lassen. Meistens ergebnislos.

Hier war alles anders.
„Wie entscheiden Sie sich, Frau Moser? Ihr Bleiben würde ich begrüssen." Das sagte Frau Kuhn, die Leiterin des ‚Friedbergs'.
Melanie lächelte verlegen. Sie hörte:
„Sie verstehen die Nöte alter Menschen."

Die Angesprochene schwieg.

„Sie kümmern sich um das Schicksal von Frau Marty."

„So ist es," sagte Melanie. „Die Hoffnung auf das Wiedersehen ihres Sohnes ist nicht geschwunden."

„Sie gibt sich einer falschen Hoffnung hin. An eine Rückkehr ist kaum zu denken. Er lebt anderswo oder ist schon in himmlischen Sphären."

Es kamen angespannte Tage. Melanies Aufenthalt im Heim war ursprünglich auf zwei Jahre begrenzt. In stillem Einvernehmen wurde das Arbeitsverhältnis verlängert.

Eines Tages wurde Melanie ins Büro gerufen. Auf dem Hinweg war sie in Gedanken mit den anvertrauten Menschen beschäftigt, immer noch und je länger je mehr mit Frau Marty und ihrem verschwundenen Sohn, mit Cédric Musy und dem, was in der Begegnung mit Wolfgang geschah. Es war eine Schwäche, sich von diesen Ereignissen nicht lösen zu können. Sie kam zur Überzeugung: Musy hatte sich aufgefangen. Mit seiner Elinor meisterte er das neue Leben.

„Ich habe eine Überraschung," begann Frau Kuhn. „Es ist ein Brief eingetroffen, adressiert an Frau Marty, ein Brief mit schwedischen Briefmarken. Über Umwege kam er ins Heim."

„Ein Reklamebrief?"

„Die Adresse ist von Hand geschrieben," sagte die Leiterin. „Die einzige Post, die Frau Marty erhält, ist die jährliche Steuererklärung, die wir an den Fürsorgedienst weiterleiten."

„Was stand in dem Brief?"

„Wir öffnen keine Briefe. Ich überreichte ihn Frau Marty."

Mit einer Mischung von Verwunderung und Ahnungslosigkeit sagte Melanie:

„Verzeihung, Frau Kuhn, ich muss sofort zu ihr."

Sie eilte durch den Korridor. Eine Mitschwester kam ihr entgegen und sagte:

„Frau Moser, kommen Sie, Patrizia sitzt in einer Ecke und will sich nicht stören lassen."

„Ich komme," sagte sie.

Was war geschehen? Es traf das ein, was alle seit Jahren erwarteten, aber niemand mehr glaubte, dass es eintreffen könnte."

Wolfgang lebte! Aber nicht er hatte geschrieben, sondern ein Mann, der ihn aufgenommen hatte.
Patrizia schüttelte den Kopf und sagte: „Ich kann es nicht fassen. Ich verbarg meinen Glauben an sein Leben. Aber jetzt, wo sich der Glaube erfüllt, weiss ich nicht, was mit mir geschehen wird."
Es waren Freudentränen. Sie lachte und weinte zugleich.
Melanie fragte:
„Wer hat geschrieben?"
„Ein Herr Badrewsky, er schrieb im Auftrag von Wolfgang. Es gehe ihm gut."
Melanie bekam den Brief zu lesen. Ihre Hand zitterte. Patrizia blickte auf die Lippen der Leserin. Nach dem Lesen kam die berechtigte Frage:
"Warum schrieb er nicht selbst?" Sie dachte dabei an den Verkehrsunfall. Dann wiederholte sie, was Patrizia schon gelesen hatte und nicht recht verstand:
„Der Absender möchte wissen, ob du noch lebst. Wenn das zutreffe, möge man ihn informieren."
Sie lachte und sagte: „Es wäre einfacher, Wolfgang hätte den Brief selbst geschrieben."
Melanie verschwieg ihre Gedanken, um sie nicht zu beunruhigen. Sie dachte: ‚Warum schaltet der Sohn einen Vermittler ein? Gibt es Gründe, die ihn hindern, die Reise in die Heimat anzutreten?'

Am andern Tag trafen sich die Leiterin und Melanie wieder.
„Freuen wir uns mit ihr, dass ihr Sohn noch lebt. Ich schreibe diesem Herrn Badrewsky zurück, dann warten wir ab. Dieser Badreswsky gab eine Adresse in Lidköping an, das ist eine Stadt in der schwedischen Provinz Västra Götalands. Sie haben mir die Geschichte über Musy erzählt, der Wolfgangs

Reisebegleiter war. Kürzlich hatten Sie ihn aufgesucht. Wollen Sie ihn orientieren?"
„Ich berichte ihm, wenn ich von Bradewsky mehr zu wissen bekomme. Noch wissen wir wenig."
„Wir wissen über ihn soviel wie die Mutter, nämlich nichts," meinte Kuhn.
Der Brief nach Schweden ging am andern Tag mit der Post weg.

Melanie übte sich in Geduld. Es wurde seltsam still um sie. Den Fragen anderer wich sie aus, oder die andern spürten, dass es sinnlos war, Fragen zu stellen. Der Sohn lebte, das war die Überraschung. Wie viel Zeit wird vergehen, bis Melanie zu wissen bekommt, w i e er lebt? Wie verbrachte Mutter Patrizia die Wartezeit?
Sie schwieg wie Melanie, als wäre sie zufrieden mit dem, was sie aus dem Briefe vernommen hatte. Wie ihr Sohn lebte, das schien sie weniger zu kümmern. Sie fragte nicht nach dem Grund des langen Schweigens. Sie suchte Zerstreuung im Lesen eines Buches, das mit grossen Buchstaben geschrieben war. Die Botschaft des Briefes verstärkte ihr Vertrauen, dass der Sohn den Sinn des Lebens gefunden hatte. Was sagte sie ihm beim Abschied? *Du hast einen Auftrag, versuche ihn zu erkennen!* Sie glaubte, dass er diesen Auftrag erkannt hatte, obwohl sie das nicht beweisen konnte.
Es kam Licht in Patrizias Leben. Aber reichte das aus, um zu sagen, körperlich wie seelisch gehe es ihr besser? Anfänglich, beim Lesen und Hören der Nachricht, ein Hoch, ein Aufjubeln. Tage später wieder die Realität, das Alter, die Gebrechlichkeit, die Schwäche des Körpers, die Sprache, die versagte, wenn sie einen Zustand zu umschreiben hatte. Es war auf einmal anstrengend, das Buch mit den grossen Buchstaben zu öffnen. In den Augenlidern hatte sie plötzlich eine rote Farbe. Der Puls war unregelmässig, das Ein- und Ausatmen schmerzte. Der Arzt wurde gerufen.
Er gab Medikamente.

An einem Morgen früh lag sie tot im Bett. Niemand war beim Sterben dabei.-

„Musy!"

„Guten Tag, Herr Musy! Hier ist Melanie Moser vom ‚Friedberg."

„Guten Tag! Warum rufen Sie mich an?"

„Frau Marty ist gestorben. Und der Sohn lebt in Schweden."

Pause in der Leitung.

„Hallo, sind Sie noch da?"

„Ja, ich bin noch da." Er war nicht sicher, ob sie als Anwältin oder Pflegerin sprach. Er sagte:

„Eine traurige und eine freudige Nachricht. Wissen Sie mehr über Wolfgang?"

Sie orientierte ihn, was sie über den Brief von Bradewsky zu wissen bekam. Er antwortete:

„Wenn es ihm gut geht, freut mich das."

„Ich warte auf Informationen von Bradewsky. Zwei Fragen seien erlaubt: Warum so spät diese Botschaft? Warum meldet der Sohn sich nicht selber? Fragen, die gewiss auch Sie interessieren."

„Eigentlich nicht," sagte Musy, ihm genüge es zu wissen, dass es Wolfgang gut gehe. „Dieser Wolfgang Marty ist heute ein anderer Mensch als am Tag seiner Abreise. Machen wir nicht einen Fehler, wenn wir Wissende über andere sein wollen?"

„Es interessiert mich, was aus ihm geworden ist," sagte Melanie.

„Sie kennen ihn nicht, aber Sie kennen mich. Es wäre naheliegend, zu wissen, was aus mir geworden ist. Selbst wenn Sie über mich alles zu wissen bekämen, meine bösen Gedanken, meine Untat, die Abenteuerlust, die Umkehr, meinen Willen zur Wiedergutmachung, die Zweifel, meine Freuden und Leiden des Lebens, brächte das Gewinn?"

„Was Badrewsky über Wolfgang berichten wird, wollen Sie nicht wissen?"

„Nein", sagte Musy.

Er spürte ihre Neugier. Sie war wieder die Berechnende, die Forschende, die nicht ruhen liess, was zu ruhen bestimmt war.

16

Niemand kannte Bradewsky, und doch war er gegenwärtig. Melanie sprach von ihm, auch Frau Kuhn, bei der aber der Name keine Emotionen auslöste. Ein Brief aus Lidköping wurde beantwortet, bald wird eine Antwort eintreffen. Ein Korrespondenzsache, mehr nicht. Melanie bedeutete der Name mehr. Hinter ihm standen Erwartungen, Fragen, auch ein Wissen über Wolfgang, das sie gerne abschliessend ergänzt hätte. Fand sie wirklich keine Ruhe, bis die Wahrheit sich enthüllte, was mit Wolfgang geschah?

Sie eilte durch den Gang, an den Patienten in den Rollstühlen vorbei. Sie holte die zweiundneunzigjährige Anna aus dem Zimmer und führte sie an ein Fenster im Korridor, durch das die Sonne leuchtete.
„Wollen Sie spielen?"
Sie sagte ihr das laut ins rechte Ohr.
„Nein, einfach dasitzen und hinausschauen," antworte sie.
Am Ende des Korridors war ein Tisch, auf dem stand ein Telefonapparat. Wann kommt der Anruf aus dem Büro, Badrewsky habe geschrieben? Heute, morgen, in einem Monat? Melanie wusste, wann der Briefträger kam. Er hatte immer eine grosse Tasche mit Briefen und Prospekten bei sich. Aber nie war ein Brief von Badrewsky dabei. Sie verheimlichte ihre Erwartungen. Schämte sie sich der Wissensbegierde? Sie entdeckte Unvollkommenheiten, ihr stures Fixieren auf eine Person, die Badrewsky hiess.
Die Leiterin des Heims sagte etwas besorgt
"Es braucht oft Zeit, sich zurechtzufinden."
„Nein, das ist es nicht," sagte sie.
„Was ist es denn?"

„Jeder Tag ist eine Gelegenheit, die Orientierung zu bewahren. Der Mensch hört nie auf zu sein."
„Wie tröstlich, das zu hören. Wir sind Werdende, so lange wir atmen. Wir vergessen, dass auch die alten Menschen noch Werdende sind." Melanie konnte nicht verraten, wie es ihr zumute war. Der Wechsel von einer Lebensphase in eine andere war nicht so einfach. Sie hatte damals die wichtigen Geschäfte in der Anwaltspraxis abgeschlossen. Kleinere Verfahren waren noch nicht abgeschlossen. Die Nachfolgerin stellte Rückfragen, die Routine waren. Der Zeitaufwand dafür hielt sich in Grenzen, allmählich blieben auch diese Rückfragen aus. Melanie konnte sich konzentriert den Aufgaben im ‚Friedberg' zuwenden.
Sie hatte Antennen. An bestimmten Zeichen erriet sie, dass die Umgebung eine Veränderung an ihr wahrnahm. Personen in ihrer Nähe steckten ihre Antennen ebenso aus und stellten sich auf die neue Situation ein. Ihr Engagement um die Aufklärung von Wolfgangs Schicksal war nicht zu verheimlichen. Sie fand zwar Äußerungen, die sie offen oder nur gerüchteweise zu hören bekam, nicht angebracht.

‚Wissen Sie schon etwas über Wolfgang?'
‚Wer ist Badrewsky?'
‚Ist noch keine Antwort eingetroffen?'
‚Hat er geschrieben, und ihr stuft den Inhalt als vertraulich ein?'
‚Es ist besser, den Inhalt zu den menschlichen Geheimnissen zu zählen.'
‚Ist Bradewksy glaubwürdig? Was er auch schreiben wird, es muss in Zweifel gezogen werden.'
‚Wenn er nun ausführlich schreibt, wie es Wolfgang geht, müsste der Sohn auch zu wissen bekommen, dass die Mutter gestorben ist.'

Melanie war über solche Aussagen nicht ungerührt. Sie flüchtete in die Arbeit, war weder anfällig für eine Grippe noch für eine Bronchitis. Sie kannte eindrückliche Beispiele von

Lebensweisen alter Menschen, die Probleme ohne Hochmut lösten. Die Geduld war bewundernswert. Was hiess denn Geduld haben in einer Welt, wo das Gute wie das Böse regieren? Geduld haben, das heisst, die Heiterkeit der Seele nicht verlieren. Es gab in Melanies Umgebung viele Personen, die ihre Heiterkeit bewahrten.

Vielleicht war es ein Glück, dass heute nach Feierabend ein Mitarbeiter aus ihrer früheren Praxis auftauchte und sie ablenkte.
„Ich wollte wissen, wie es dir geht," sagte Roberto Fantini.
„Das freut mich. Du warst immer ein neugieriger Mensch."
„Die alten Menschen haben bestimmt weniger Probleme als deine früheren Klienten. In unserer Praxis werden die Fälle komplizierter, was du ja in den letzten Jahren selber erfahren hast, das heisst, Menschen finden immer raffiniertere Mittel der Täuschung. Sie werfen Lügennetze aus, die ihnen zum Verhängnis werden."
„Weniger Probleme, sagst du, hier sind andere."
Er antwortete:
„In der Praxis durchforschen wir Biografien, um zu einem gerechten Urteil zu kommen. Hier neigen sich die Lebensgeschichten dem Ende zu. Die Richtung zum Tode ist gegeben. Konflikte lösen sich auf. Angesichts körperlicher Leiden verlieren Ereignisse ihren Glanz."
Viele Gedanken gingen Melanie durch den Kopf, als sie Fantini zuhörte. In der Arbeitsgemeinschaft war er ein erfolgreicher Anwalt. Sie bewunderte seine Leistungen, respektierte die Entscheidungen. Jetzt fragte sie sich, warum er solche Aussagen machte. Sie ergänzte seine Worte durch ein Beispiel:
„Kürzlich kam eine Frau ins Pflegeheim. Sie gab den andern zu verstehen, aus besserem Hause zu stammen. Als sie beim Mittagstisch wegen einer unhöflichen Kleinigkeit zurechtgewiesen wurde, geriet sie in Zorn und sagte:
‚Wissen Sie überhaupt, wer ich bin? Ich war jahrelang im Parlament!' Der Spott der andern war gross. Was früher war,

gilt hier nicht. Weltlicher Ruhm zerfällt, Verdienste gehen vergessen. Demut wie Hochmut liegen nahe beisammen."
Fantini meinte:
„Hier ist eine andere Welt. Ich verstehe, der Erfolg deiner früheren Arbeit war sichtbar und messbar. Wenn ein Kunde nicht spurte, zum Beispiel durch sein schwieriges Verhalten eine Lösung verunmöglichte, war die Möglichkeit gegeben, ihn fallen zu lassen. So war es doch, Melanie?"
„Eines ist hier gleich: Schwierigkeiten sind zu ertragen, unschuldig Angegriffene sind zu verteidigen. Aber die Menschen hier streben nicht das Aussergewöhnliche an wie einst im aktiven Leben. Was ist hier das Aussergewöhnliche? Es ist der Tod, der das Leben bestimmt. Er steht vor der Tür. Seine baldige Ankunft macht bescheiden."
Fantini schaute auf die Uhr und sagte:
„Ich muss einen Kunden anrufen."
Er nahm sein Handy und trat etwas zurück. Melanie war kurze Zeit allein. Sie dachte an Badrewsky. Wenn er schweigt und der Leiterin keine Antwort zukommen lässt, was dann? Könnte sie Fantini den Auftrag erteilen, nach Badrewsky zu forschen? Das wäre eine Möglichkeit, sich Klarheit über sein Verhältnis zu Wolfgang zu verschaffen.
Als Fantini sein Handy versorgte, und er sich ihr wieder zuwandte, sagte sie:
„Ich habe eine Bitte. Du könntest für mich über einen Menschen Erkundigungen einziehen. Die Sache hat einen Haken, dieser Mensch lebt im Ausland."
Sie erzählte ihm, was sie über Patrizia, Wolfgang und Cédric erfahren hatte. Wie die Nachricht nach so vielen Jahren eintraf, dass der Sohn noch lebe. Wie sie auf Badrewskys Antwort warte, und die Hoffnung nicht gestorben sei, bald eine Antwort aus dem Norden zu erhalten.
Fantini war skeptisch, als er die Geschichte hörte.
„Ich werde nachforschen, wenn du es wünschest, sagte er etwas zurückhaltend. Sie gab ihm die schwedische Adresse von Badrewsky.
„Aber?"

„Du kennst Badrewsky nur durch den Brief?"
„Ja."
„Er ist nicht verpflichtet, Antwort zu geben."
„Wir nehmen an, er werde den Kontakt fortsetzen."
„Wann hat er geschrieben?" Sie sagte das Datum.
„Wer zeigt die grössere Ungeduld im Warten?"
„Ich natürlich," sagte Melanie.
„Warum?"
„Eine Geschichte fände dann einen Abschluss," meinte sie verlegen.
Fantini sagte:
„Die Mutter hörte vor dem Tode, ihr Sohn lebe noch. Ist das richtig?"
„So war es."
„Genügt das nicht?"
„Nein."
„Warum musst du wissen, was in andern vorgeht? Kommt es darauf nun wirklich an?"
„Du hast eine andere Sicht. Ich bin verflochten mit dem Fall, möchte den letzten Akt dieser Wirklichkeit aufspüren und das Ende nicht der Phantasie überlassen."
„Wenn die Wirklichkeit den Erwartungen nicht entspricht, gerätst du ins Weglose?"
„Sie antwortete:
„Du meinst, es stünde mir besser an, Geduld zu üben."
Fantini wurde jetzt bewusst, dass sie einen anderen Weg wählte. Sie hat, wie damals, immer noch einen ungewöhnlich starken Willen und rückt kaum von einem gesteckten Ziele ab.
Nach einer Pause sagte sie:
„Willst du meine Bitte erfüllen?"
„Natürlich versuche ich herauszufinden, wer dieser Badrewsky ist, was für aussergewöhnliche Umstände hier zusammenwirken."
„Ich danke dir," sagte sie.

17

„Ich habe einen leeren Kopf. Wenn ich auf die Bettkante sitze, wird es mir schwindlig."
Melanie erklärte:
„Sie haben Fieber, achtunddreissig fünf. Der Puls ist unregelmässig. Frau Gratiani, wenn es nicht bessert, rufen wir den Arzt."
Vor der Zimmertür surrte der Motor des Staubsaugers. Bald wird die Portugiesin das Zimmer betreten und den Boden sauber machen. Frau Gratiani wird das Surren nur schwach hören, aber die Armbewegungen und das immer freundliche Gesicht der Portugiesin deutlich sehen.
„Ich wette, bis in einer Woche kommen Sie zu Kräften, dann haben Sie wieder Lust zu schreiben, " sagte Melanie.
Jetzt lachte Gratiani. Melanie reichte ihr die Schnabeltasse. „Viel trinken!"
Sie trank, aber wenig. Sie legte sich wieder hin und schloss die Augen.
Den Stift und einen Schreibblock hatte sie in Reichweite. Seit dem Eintritt in den ‚Friedberg' leistete sie sich den Luxus, ein Tagebuch zu führen. „So lange ich Notizen mache, bin ich noch klar im Kopf. Eine gute Übung, um fit zu bleiben."
Sie schrieb über Alltägliches, über das Essen, das Wetter, sie schrieb über Personen, denen sie begegnete. Kurze Notizen, einfache Sätze, fast wie ein Kindertagebuch.
Heute schrieb sie keine Zeile. Schwester Melanie vermutete, sie werde auch morgen ihr Tagebuch mit keiner Notiz bereichern.

Am Ende des Korridors sah Melanie Frau Kuhn, die auf dem Weg zu ihrem Büro war. Merkwürdig war es schon, der Name Badrewsky war für diese kein Thema. Auch der Name ‚Wolfgang' war aus ihrem Munde nicht mehr zu hören. Der Reiz der Neugier ging verloren. Der tägliche Umgang mit den alten Menschen machte es unmöglich, Interesse für Personen zu wecken, die weit entfernt waren.

Als Melanie das Heim verliess und in die Wohnung zurückkehrte, kamen Augenblicke der Unruhe auf. Wolfgangs Schicksal war verhüllt, und sie glaubte einst, es mit Leichtigkeit offen legen zu können. Viele Themen gingen ihr durch den Kopf wie:
Schuld und Vergebung. Vergebung ist mehr als Ignorieren, mehr als ein Vergessen. Wie ist Böses zu überwinden? Wie kann nach einer Schuld neu begonnen werden?
Die Themen waren mit dem Namen Cédric und Wolfgang verbunden, aber auch mit ihr selbst.

An einem Abend stand Roberto Fantini vor ihrer Türe.
„Hast du etwas herausgefunden?"
„Der Informationsdienst hat Lücken. Wir bekommen nie das zu wissen, was wir zu wissen verlangen. Ich muss dich enttäuschen."
„Was heisst das?"
„In dieser Stadt kennt niemand den Namen, den wir suchen. Ausserhalb der Stadt ist eine dünn besiedelte Gegend. Es gibt einsame Höfe an Waldrändern und an kleinen Seen. Fischer sind tagelang auf Booten unterwegs. Der Beauftragte meinte in seinem Bericht, den er uns zukommen liess, diese naturverbundenen Menschen kennen ein hartes Leben. Sie führen, verglichen mit den Menschen in städtischen Siedlungen, ein Leben in Freiheit und Einfachheit."
„Von Wolfgang eine Spur?"
„Keine!"
„Aber Badrewsky schrieb doch, dem verlorenen Sohne gehe es gut."
„Das mag sein, überprüfbar war das nicht. Warum legst du Wert darauf, die Vorgänge zu erhellen?"
Ihre Augen funkelten, als sie diesen Vorwurf einstecken musste. Was hatte sie bewogen, ihm diesen Auftrag zu erteilen? Es war ein enttäuschendes Ergebnis, das sie vorgelegt bekam.
Sie sagte:

„Die Neugier ist mir gegeben." Er antwortete:
„Der Glaube an das Gute kann Ungewissheiten ausgleichen. Um deinen ‚Wolfgang' hat sich ein Problem aufgetürmt. Zaubere es doch einfach fort!"
„Wegzaubern? Wie stellst du dir das vor, Roberto?"
„So, wie ich es sage. Das Problem ist mit einem Schlag verschwunden. Wie bei jeder Zauberei ist der Gegenstand nicht mehr da."
„Ohne Zauberkraft geht es nicht."
„Oft genügen ein einziges Wort, wenige Sätze, die den eisernen Willen verraten, vor sich selbst und vor andern etwas zu verändern."
„Werden wir nie zu wissen bekommen, wie es Wolfgang geht?"
„Du darfst die Zauberkraft nicht auf andere projezieren. Der Gesuchte ist vielleicht gegenwärtiger als du meinst."
Sie hatte zuhause Zeit, an ihren Sohn Hendrik zu denken, der über ihren Berufswechsel begeistert war. Er besuchte sie hie und da und amüsierte sich über die Geschichten, die er von der Mutter hörte.
Hendrik, der vor einem Monat den fünfundzwanzigsten Geburtstag feierte, hatte den Kontakt zur Mutter nie verloren. Melanie sorgte für das Kind in den ersten zehn Jahren. Sie glaubte, jetzt dafür eine gewisse Dankbarkeit ernten zu können. Der Vater sorgte für die Ausbildung. Hendrik studierte die Rechte und arbeitet jetzt in einer Grossbank. Er ist ehrgeizig und voller Tatendrang. Offen spricht er die Erwartung aus, zur weiteren Ausbildung werde er bald nach London oder New York versetzt. Mit dem Vater, der seit der Selbständigkeit des Sohnes in der Nähe von Mailand lebt, hatte Melanie keine Beziehung mehr.
„Mutter," sagte Hendrik, „wenn ich dich so sehe und höre, glaube ich,
du bist am richtigen Ort. Du hast einen Berufswechsel vollzogen, der gewiss nicht leicht war. Die Welt, in der du arbeitest, ist mir zwar völlig fremd, aber sie ist eine

Wirklichkeit, die in unserer älter werdenden Gesellschaft eine wachsende Bedeutung erlangt."
„Ich bin glücklich, von dir solche Worte zu hören."
„Du erlebst den Menschen in seiner körperlichen Schwäche und Hilflosigkeit. Wie wirst du damit fertig? Wie hältst du das aus?"
Mein Gott, noch nie brachte die Anwesenheit des Sohnes sie in solche Verlegenheit. Sie gab nicht gern Erklärungen ab. Genügte nicht einfach die Hingabe an die Arbeit, das Zuhören, die Anteilnahme? Er wollte mehr wissen. Die Hartnäckigkeit, eine auffällige Wende im Leben zu hinterfragen, hatte er wohl von der Mutter geerbt. Sie wunderte sich, wie der Sohn ein Verständnis für ihr Vorgehen zeigte. Vor wenigen Jahren, in der Nachpubertät, war von ihm eine andere Sprache zu hören. Er bediente sich der Fäkaliensprache, wie es andere in der Umgebung auch taten. Sanfte Ermahnungen wie zum Beispiel: *‚Wie bitte, kannst du es auch anders sagen?'* genügten oft, wieder einen gepflegteren Umgangston zu wählen.

Der Junge war weg, und sie war wieder bei den alten Menschen. Eine Therapeutin kam und erteilte eine Turnlektion. Was gab es da noch zu turnen? Im Kreise auf den Stühlen sitzen, Beine schön zusammenhalten, Arme ausstrecken, bereit, den Ball aufzufangen. Ein Freudenschrei durch die Runde, wenn das Auffangen gelingt; ein spöttisches Lachen, wenn der Ball auf den Boden rollt. Es waren farbige Bälle.
Schwester Melanie, die zuschaute, fiel auf, dass der blaue Ball am besten aufgefangen wurde, während der Ball mit der roten Farbe am meisten an den knorrigen Fingern abprallte.
‚Wer schläft denn heute? Achtung, aufgepasst!'
Die Stühle werden nach vorne geschoben.
‚Frau Klöti, gestern waren Sie eine Ballmeisterin, heute sind Sie abwesend.'
Die Bemerkung löste Gelächter aus.
‚Lucia, Sie machen beim Auffangen eine Grimasse, als wären Sie an der Fasnacht.'

Kleine Spielereien, versteckte Bosheiten. Beobachtungen bei der Nachbarin, die es besser kann, führen zu Eifersüchteleien. Das Spiel, mit vielen Spässen versehen, deckt eine Spannung auf, ohne die es langweilig wäre. Nachts in den Zimmern wieder die Einsamkeit, das Überreichen von Medikamenten, die Ruhe vor dem Einschlafen, das Tagesgeschehen im Gedächtnis eingegraben.
Bei Melanie ein Erinnern an die Begegnung mit dem Sohne, der ihren Berufswechsel begrüsste und sagte, sie sei am richtigen Ort.
War Melanie ihrer Sache sicher?
Wer zweifelte an ihrem Einsatz?
Frau Kuhn sagte:
„Es war am Anfang unvorstellbar, eine Anwältin in unserem Team zu haben."
„Das war kein Wechsel nach unten," scherzte Melanie. Sie wurde dabei nicht müde, das ernste Gesicht der Leiterin zu betrachten. Diese fuhr fort, ohne auf eine Antwort zu warten:
„Die meisten streben nach oben. Eine höhere Besoldungsklasse zu erreichen, ist nicht unser Ziel. Wenn andere ihre Fähigkeiten im Dienste der Menschen anderswo einsetzen, warum sollen sie es nicht tun?"

Melanies Gedanken waren wieder bei den Patienten. Sie betrat das Zimmer, das mit dem Namen Lucia Kempf angeschrieben war. Sie dachte einen Augenblick an Frau Marty, die einige Jahre das Zimmer belegt hatte. In ihrer Gedankenwelt war die Verstorbene noch gegenwärtig. Das unbestimmte Schicksal ihres Sohnes Wolfgang löste immer wieder neue Bilder im Gedächtnis aus.
Lucia stöhnte. Es fehlten ihr die Kräfte, das Bett zu verlassen. Wo ist der Thermometer? Gestern hatte sie ihn auf den Boden fallen lassen. Sofort kam die Portugiesin und reinigte den Boden. Pulsmessung, normal. Lucia trug keine Armbanduhr, sie hatte eine Uhr an der goldenen Halskette.
Melanie reinigte Lucias Körper.
„Nun muss noch frische Luft hereinströmen."

Sie öffnete das Fenster. Sie wusste nicht, warum Lucia nicht aufstehen wollte.
„Und die Rose braucht noch frisches Wasser. Wer hat Ihnen die Rose geschenkt?"
Sie sagte mit langsamer Stimme:
„Ein Grosskind."
„Frieren Sie?"
„Nein."
„Der Arzt wird jeden Augenblick kommen."
Sie wiederholte, was sie schon vor Tagen gesagt hatte:
„Ich höre wieder den Text aus einer Bachkantate: Er heisst: ,Schlummert ein, ihr matten Augen!"
Melanie lächelte und sagte:
„Ich gehe zu Frau Gratiani."
Dr. Schmidli stand schon an der Türschwelle.

Melanie verliess das Zimmer.
Gratiani ging es besser. Sie hatte wieder Zeit, Notizen zu schreiben. Melanie dachte, so lange sie schreibt, wird sie in diesem Zimmer bleiben. In guter Stimmung überreichte sie Melanie das Tagebuch mit seinen Geheimnissen.
„Darf ich lesen?"
„Ja, jetzt und hier."
„Wo soll ich denn beginnen?"
„Bei der letzten Seite."
Melanie las:
,Ich werde sterben, alles verlassen.
Am Schluss ein Leichentuch, der Körper eingebettet zwischen Holzbrettern. Ein Meter zwanzig unter der Erde. Der Leib wird Staub werden. Das ist die Bestimmung. So einfach ist das.'
Und dann, kaum noch lesbar, aus der Bibel zitiert: *Die Weisheit der Weisen vergeht, die Klugheit der Klugen verschwindet.'*
Wochen später wurde Frau Melanie Moser in das Besprechungszimmer gerufen, das sich neben dem Büro der Heimleiterin befand. Dort wartete ein älterer Mann mit

rötlichem Gesicht, sein Haar war kurz geschnitten und schneeweiss. Melanie hatte ihn noch nie gesehen. Gleich flog ihr der Gedanke durch den Kopf, es könnte ein Beamter sein.
„Sie sind Frau Moser?"
„Ja, die bin ich."*
„Mein Name ist Jecker. Ich bin von der Erbschaftsbehörde. Wir haben den Nachlass der verstorbenen Frau Marty zu regeln. Einziger Erbe ist ihr Sohn Wolfgang. Sein Aufenthaltsort ist uns unbekannt. Wissen Sie etwas über ihn? Bitte nehmen Sie Platz!"
Sie setzten sich an den Tisch.
„Was veranlasst Sie, ausgerechnet mich aufzusuchen?"
„Sie haben diese Frau bis zu ihrem Tode begleitet. Machte sie Andeutungen, wohin ihr Sohn gezogen ist?"
Erstaunt über seine Unwissenheit, sagte sie:
„Ich habe diesen Sohn nie gesehen. Was ich über ihn hörte, vernahm ich von einem, der ihn auf der Reise begleitet hatte. Wollen Sie eine längst vergangene Geschichte anhören?"
„Es wäre gut, wenn ich sie hörte."
Sie sagte nicht alles, was sie im Verlaufe der Jahre von Patrizia und Cédric erfuhr.
Jecker war ein freundlicher Beamter. Er hörte zu, sah aber am Ende ein, dass der Sohn weiterhin bis zu dieser Stunde ein Vermisster war.
„Unsere Erkundigungen nach allen Seiten blieben ergebnislos. Es liegt kein Testament vor. Nach dem Begleichen aller Rechnungen bleibt ein kleines Vermögen übrig."
„Das ist Pech für Wolfgang, wenn er sich nicht meldet."
Jecker fragte:
„Wie beurteilen Sie den Brief von Badrewsky Björn. Das ist etwas sonderbar. Er kann nicht ausfindig gemacht werden."
Melanie wiederholte:
„Er schrieb, ohne dazu aufgefordert zu werden, Wolfgang ginge es gut. Es gibt im Leben sonderbare Geschichten, und wer glaubt, es gäbe sie nicht, kennt das Leben nicht."
Der Beamte wollte die Gewissheit bestätigt bekommen, als er sagte:

„Es ist also bis zum heutigen Tag keine Nachricht von Badrewsky eingetroffen."
„So ist es," sagte Melanie.
„Für die Behörde bleibt das Ganze ein unerledigtes Geschäft. Ich kann das Dossier meinem Nachfolger mit dem Vermerk weitergeben: ‚Nicht abgeschlossen. Warten!'
„Wie lange warten?"
Solange er auf unserem Amt nicht tot gemeldet ist, lebt er noch."
Melanie spürte deutlich, es war ihm nicht wohl in seiner Haut. Er bearbeitet lieber klare Erbschaftsfälle. Es ist immer eine dankbare Aufgabe, das Vermögen nach den Regeln des Gesetzes friedlichen Erben zukommen zu lassen.
„Einen solchen Fall wie diesen liebt kein Beamter," sagte er. Dann wurde er persönlich: „Es ist empfehlenswert, seine Verhältnisse in guten Zeiten zu ordnen."
Am Schluss wirkte er nervöser als am Anfang. Bevor er wegging, sagte er, für sie völlig überraschend:
„Den Jugendfreund, wie heisst er noch, ja Cédric Musy sagten Sie, den müsste man noch befragen."
In ihrem Gesicht spiegelten sich weder Freude noch Neugier. Sie antwortete:
„Ich habe ihn orientiert. Ich glaube, nach so vielen Jahren ist es aussichtslos, von ihm einen Hinweis zu erwarten."
Er bereute es, den Namen Musy ins Spiel gebracht zu haben.
„Sie hatten mit ihm Verbindung. Es wird so sein, wie Sie sagen."
Er stand mühsam auf und ging zur Tür.
Es war keine grosse Stunde für den Beamten der Erbschaftsbehörde.

Es gab ein Element in der Begegnung, das Melanie überraschte. Da war am Schluss ein zweites Mal der Name Musy zu hören. Ein unscheinbares Fragment trat hervor und verstrickte sich in das Ganze. Was sie glaubte, überwunden zu haben, rückte wieder näher. Sie erinnerte sich an Fälle aus ihrer früheren Praxis. Alle unerledigten Fälle hatten ähnliche

Eigenschaften: sie waren kompliziert und nicht durchschaubar. Dem menschlichen Streben waren Grenzen gesetzt, die zu übersteigen ein aussichtsloses Unterfangen war. Warum gewann der Name Musy heute noch eine Bedeutung? Sollte sie nicht nachforschen, auch wenn sie nicht wusste, wohin dies führen könnte? Wäre noch einmal Kontakt aufzunehmen? Wenn sie es täte, kämen Eigenschaften ihrer früheren Tätigkeit zum Vorschein. Die Aufgaben im ‚Friedberg' litten bei diesen Nachforschungen. Verlöre sie das Augenmass? Sähe sie in jedem Strohhalm einen Balken?

In den folgenden Tagen war sie oft abgelenkt, sie wunderte sich über die Vergeblichkeit ihrer Anstrengungen. Ihre Gedanken waren bei Badrewsky. Das Auffällige war, Musy interessierte sich nicht für diesen Briefschreiber. In den Ohren hatte sich noch den Satz: *‚Es genügt mir zu wissen, dass es ihm gut geht.* Und für sein entschiedenes ‚*Nein!'* auf ihre Frage, ob er nicht wissen möchte, was Badrewsky in einem zweiten Brief über Wolfgang schreiben werde, zeigte sie kein Verständnis.

Was bewirkte der Brief bei Mutter Marty? Sie weinte vor Glück, weil Wolfgang lebte. Tage später starb sie. Es schien, die Botschaft erleichterte ihr das Sterben.

Melanie hatte eine Idee, eine verrückte Idee, die noch von Unsicherheit geprägt war. Sie hatte Einwände, welche die Verwirklichung der Idee verhindern wollten. Aber sie setzte alles daran, das Vorhaben nicht durch Nachlässigkeit zu gefährden.

Sie rief Fantini herbei.

„Schon wieder ein Auftrag?"

„Ja," sagte sie bestimmt. „Ein letztes Mal bitte ich dich um einen Gefallen."

„Die letzten Nachforschungen endeten in einem Fiasko."

„Diesmal geht's nicht ins Ausland. Nur in die Westschweiz.

Ich gebe dir einen Namen an. Du sollst herausfinden, ob diese Person im vergangenen Halbjahr eine Auslandsreise ausführte. Das ist alles."

Sie überreichte Fantini die Adresse von Musy, sagte das Alter und seinen Beruf. Auch den Namen seiner Partnerin Elinor Thompson gab sie ihm bekannt.

„Wann willst du das Resultat?"
„So rasch wie möglich. Ich kann ruhig schlafen, wenn ich das Ergebnis kenne."
„Das muss etwas Wichtiges sein."
„Mehr verrate ich nicht," sagte sie.
„Denk an die alten Menschen! Sie spüren deine Unruhe."
„Natürlich denke ich an sie. Hier ist der Ort meiner Bewährung."
„Es gibt nur ein Ja oder ein Nein. Ist es entscheidend für dich?"
„Deine Antwort ist wichtig."
Fantini wagte nicht, weitere Fragen zu stellen.

In den folgenden Tagen hatte sie Mühe, ihre Heiterkeit zu bewahren. In stillen Stunden tauchte der Name Cédric Musy auf. War er ein Schlaumeier, ein durchtriebener Kerl? Opferte er Zeit und Geld, um andere in die Irre zu führen? Wollte er den Zustand einer lange andauernden Ungewissheit beenden, indem er zu einer Täuschung griff? Er rechnete nicht mit Melanies Spürsinn und wagte die Vorführung eines trügerischen Spiels. Er schlüpfte - um welchen Preis eigentlich? - in ein andere Rolle.

Mein lieber Cédric Musy! Dein Plan war raffiniert, gut überlegt der Hinweis im Brief, Wolfgang gehe es gut. Dein Vorgehen löste Erleichterung aus, ein Aufatmen. Auf deine Schliche bin ich gekommen.

Es war so, wie sie es geahnt hatte. Fantinis Resultat beeindruckte.

„Er blieb in seiner Stadt am See. Ein einziges Mal war er eine Woche abwesend. Musy buchte einen Flug nach Stockholm. Von dort aus bereiste er Südschweden. Ein Reisebüro stellte ein Programm zusammen."
„Das genügt, ich bin zufrieden."

Fantini war vorsichtig in der Wahl seiner Worte. Er hatte zwei Aufträge bekommen, der erste war erfolglos, der zweite war im Ergebnis eindeutig.

Eine Bewunderung über die Irreführung war nicht zu verbergen. Ein bisschen Spass muss er dabei gehabt haben. War andern zu verraten, dass sie getäuscht wurden? Es wäre für Melanie leicht gewesen, sich zu brüsten, einen Täuscher entlarvt zu haben. Nach einer Zeit des Nachdenkens war der Entschluss gefasst: Musy, den Ahnungslosen, den Reisenden und Schreibenden lasse ich in Ruhe.

Das schloss nicht aus, dass Melanie begann, sich mit Musys Methode der Verschleierung näher zu befassen. Dieser Schlaue wählte eine Sprache, die Wirkung zeigte. In der Aussage verbarg sich nicht die Wahrheit, aber seine Worte wurden als Wahrheit ausgelegt. Der Sohn lebte, aber wie er lebte, war nicht zu erfahren. Das genügte, der wartenden und hoffenden Mutter Erleichterung zu verschaffen. In dieser Erleichterung steckten Fragen: Wie lebt er? Was hindert ihn, sich in seiner ganzen Grösse zu zeigen, andern zu erzählen, wie er die Fremde erlebt hat? Warum kommt er nicht in die Heimat zurück und berichtet von den Menschen, mit denen er zusammenlebte?

Niemand kannte diesen Badrewsky. Ahnte der Schreiber, was die Nachricht auslöste? Unfassbar, ja geheimnisvoll blieb Musys Vorgehen." Was er bezweckte, trat ein: Mutter Patrizia starb in dem Glauben, der Sohn in der Fremde lebe noch. Er wird das Glück haben, vielleicht noch etwas zu erben.

18

„Ich habe Sie vermisst, Frau Gratiani. Wie geht es?"
„Besser. Ich kann wieder lesen. Es riecht nach Frühling. Nach dem Mittagessen kommt die Lust, im Garten zu spazieren. Aber sie lassen mich nicht ins Freie."
„Nur mit dem Rollstuhl."
„Ich will zu Fuss."
„Wir probieren es später. Der Rollstuhl bleibt in der Nähe. Wie steht's mit dem Schreiben?"
„Sie meinen das Tagebuch."
„Sie gaben mir mal einige Zeilen zum Lesen."
Sie zog die Schublade heraus und sagte:
„Lesen Sie, was ich auf der letzten Seite geschrieben habe!"
Melanie las das Wort ‚ENDE', gross geschrieben, mit zittriger Hand doppelt unterstrichen.
„Sie hören auf?"
„Endgültig. Kein Wort mehr!"
„Warum?"
„Ich habe mich beim Lügen ertappt. Schweigen ist besser. Im Schweigen kann ich nicht lügen. Obwohl ich weiss, auch im Schweigen verbergen sich Lügen."
„Es gibt doch in ihrem Alter keine Gründe mehr, sich zu belügen?"
„Ich bin keine Heilige," antwortete sie lachend. „Kinder und Grosskinder nehmen sich Zeit, mich zu besuchen. Ich kann mich nicht beklagen. Sie lachen über meine Sprüche. Sie nehmen mich so ernst, wie man eben eine Grossmutter ernst nimmt. Sie leben in einer andern Welt. Und meine Welt, die zunehmende körperliche Hinfälligkeit, verstehen sie nicht."
„Sie haben alles geregelt, Frau Gratiani. "
„Ein Beamter der Erbschaftsbehörde hat die Kompetenz zur Regelung meines Nachlasses erhalten. Dennoch habe ich das Gefühl, ein Erbe hebt jetzt schon seine egoistische Seite

hervor und zeigt die Eigenschaften des Starken, der auf den Tod der Schwachen wartet. Doch er wird auf die Nase fallen."
„Sie denken ans Sterben."
„Wer hier nicht ans Sterben denkt, verdrängt den Tod."
Sie nahm das Tagebuch und legte es in die Schublade zurück. Bei nächster Gelegenheit wird sie es in einen Abfallsack werfen. Weg mit dem Zeug! Weg mit diesen Nichtigkeiten!

„Ich bin in einer bevorzugten Lage. Ich habe ein Zimmer, leider kein eigenes Klo. Es gibt Zweier- und Viererzimmer. Ich kannte eine Deutsche, die verbrachte ihre letzten Tage in einem Zwölferzimmer. Diese sagte, während der Nacht war immer ein Gestöhn zu hören, trotz Verabreichung von Beruhigungsmitteln. Hier sind wir Privilegierte. Es gibt Menschen, die sterben auf Strassen, verhungern in elenden Hütten. In Slums sind die Armen und Elenden den Ratten ausgesetzt."

Die Zimmertür öffnete sich und herein trat eine Greisin im Morgenmantel. Sie pirschte sich an den Kasten heran und öffnete ihn.
„He, he, hier hast du nichts zu suchen," sagte Gratiani. Die Angesprochene bewegte den Kopf hin und her, murmelte Unverständliches vor sich hin. Sie hatte schon ein Paar Socken entwendet und näherte sich wieder der Türe. Melanie war rasch zur Stelle und nahm ihr die Socken aus den Händen.
"Die bleiben hier, aber du kannst nicht hier bleiben," sagte Melanie und begleitete sie in den Korridor hinaus.
„Die kommt oft. Sie hat den Orientierungssinn verloren. Sie ist eine harmlose Verirrte. Ich wünsche, hier nie eine Verirrte zu werden."
Sie legte beide Handflächen auf die Brust und sagte:
„Es gibt immer wieder Dinge, die mich beunruhigen."
 „Dinge In unserem Heim?"
 „Zum Beispiel die Geschichte über Wolfgang?"
 „Sie kennen sie?"

„Frau Marty hatte einen Sohn. Niemand wusste, wo er lebte, bis eines Tages..."

„Was geschah eines Tages?"
„Sie wissen doch, bis ein Brief aus dem hohen Norden eintraf, in dem geschrieben stand, dass es dem Sohne gut gehe."
„Wer erzählte diese Geschichte?"
„Ich hörte sie viele Male, dass ich nicht mehr weiss, wer sie zuerst verbreitete."
„Eine Geschichte ohne Ende."
„Eine gute Geschichte, meine ich. Mutter Marty fühlte sich glücklich. Ein paar Tage darauf konnte sie ruhig sterben."
Melanie dachte: ‚Es ist eine Geschichte, die so nicht stimmt.'
Gratiani strengte sich an, beim Thema zu bleiben und sagte:
„Es gibt nichts Besseres, als gute Geschichten zu hören."
„War das eine gute Geschichte?"
„Sie zweifeln?"
„Wolfgang gehe es gut, sagten Sie. Wenn es aber nicht wahr ist?"
„Ach Gott, wir Menschen sind unvollkommen. Können wir denn Geschichten erzählen, ohne die Wirklichkeit etwas zu erhöhen? Vielleicht schwebt Wolfgang schon in himmlischen Höhen und hört Melodien, die nur für ihn bestimmt sind."
„Oder er ist krank und führt ein elendes Leben. "
„Solche Gedanken habe ich nicht. Jede Geschichte möge eine Perle sein, aber wenn wir sie durch unsere unvollkommenen Gedanken ins Dunkel ziehen, leuchtet sie nicht mehr. "
Die beiden hörten heute die Glocke vom Kirchturm nicht. Eine Mitschwester kam herein und rief ungeduldig:
„Es ist Essenszeit."

Die Aufforderung überraschte die beiden.
„Frau Gratiani, es ist Zeit zum Essen!"
„Ich mag heute nichts," sagte sie. „Ich bleibe im Zimmer."
„Das kann nicht sein. Wollen Sie nicht versuchen, aus dem Bett zu steigen?"
Melanie richtete sie auf, wechselte ihr die Windeln, denn sie war schon seit Tagen inkontinent. Mit Mühe setzte sie die Geschwächte in den Rollstuhl. Dann ging es los, aus dem Zimmer, durch den Korridor in den Essraum, wo alle warteten. An grossen Dingen stört man sich nicht, aber an täglichen Kleinigkeiten. Es war nicht üblich, dass eine Patientin zu spät kam. Eine Zahnlose murmelte: „Sie ist eine Sonderbare!" Dabei warf sie Gratiani einen bösen Blick zu. Das störte die Betroffene nicht. Sie war müde, hatte keinen Appetit. Wer kann begreifen, dass sie heute andere Gedanken hatte? Sie lächelte vor sich hin. Sie war die Einzige, die lächelte.

19

Mitten in der Nacht wachte Melanie auf. Sie hatte geträumt.

Sie sah Patrizia, sie war wieder im Heim, in ihrem Zimmer. Niemand wunderte sich über ihre Rückkehr. Melanie wagte nicht, Fragen zu stellen.
Ein Ortswechsel. Patrizia stand auf der offenen Wiese hinter dem ‚Friedberg'. Vor nicht allzu langer Zeit hatte sie die Frau mit Fragen belästigt, Fragen über ihr Leben, über ihren Sohn, auf den sie zeitlebens wartete. Diese Bemühungen waren jetzt der Lächerlichkeit preisgegeben. Die Erscheinung verwirrte. Ein Augenblick des Wiedererinnerns, eine traumhafte Begegnung.

‚Wartest du immer noch auf deinen Sohn?'
‚Wo hält er sich auf?'
‚Weißt du es nicht? Du warst doch in andern Sphären.'
Patrizia entfernte sich lächelnd. Zurück blieb eine nebelverhangene Wiese.

Lange konnte sie nicht einschlafen. Der Traum löste Fragen aus. Sie ahnte, nach dem Berufswechsel, dass Zweifel über ihr Engagement folgen würden, ausgelöst durch Begegnungen im Alltag.

In Gedanken liess sie die Reihe von Figuren auftreten, die auf der Bühne eine Rolle besetzten. Es gab Haupt- und Nebenfiguren.
Patrizia hatte einen starken Auftritt, im Hintergrund ihr Sohn, der abseits der Bühne ein Stummer bleibt. Cédric, der Aufklärer und Täuscher, beeinflusste das Spiel. Melanies Wille klärte, welche Rolle durch die Begegnung den beiden Auswanderern Wolfgang und Cédric zufiel. Ihre Wachheit vertrieb die Langeweile und führte zu Fragen, die sich vordrängten:
„Was willst du? Was ist dein Auftrag?"
Gratiani, die ihr Tagebuch fortwarf, sagte ihr:
‚Wir alle haben im Heim drei Jahreszeiten hinter uns. Jetzt ist Erntezeit. Keine Frucht ist gleich wie die andere.'

Das Sichtbare kann nie das Ganze sein. Immer nahe dran an der Wahrheit und doch wieder weit entfernt von ihr.
Gestern sagte die Leiterin:
„Was haben wir über den Sohn erfahren? Es ist wenig."
Sie antwortete:
„Von Cédric erfuhr ich Zuverlässiges."
Frau Kuhn meinte: „Ein Hoffnungsschimmer war der Brief von Bradewsky."
Melanie verriet auch heute nicht, dass es kein Hoffnungsschimmer war. Sie sagte:

„Eine Überraschung verkündete der Beamte von der Erbschaftsbehörde. Frau Martys Nachlass gehört dem einzigen Erben, aber dieser ist nicht zu finden."
Frau Kuhn:
„Die Behörde wird eines Tages eine Lösung finden."
Die Leiterin legte ihre Büroarbeiten beiseite und wünschte Melanie alles Gute für die folgende Woche.
„Eine Woche bleiben Sie weg. Ich freue mich über Ihren Besuch des Weiterbildungskurses. Solche Kurse halten uns auf Achse. Ich kenne einen Referenten persönlich, der neue therapeutische Möglichkeiten zur Prüfung vorschlägt. In naher Zukunft kommen organisatorische Probleme auf uns zu. Wir haben lange Wartelisten. Ein Neubau steht zur Diskussion. Die Planung kommt nicht vom Fleck. Es harzt mit der Finanzierung."
Melanie wandte ihre Augen von ihr ab und sagte:
„Ein Neubau, sagen Sie, das wäre zu schön, um wahr zu sein."
Sie dachte an die Toilettenräume, an die Wäscherei im Untergeschoss, wo es oft nach Chemikalien stank, an den alten Personenlift, der auch ein Bettenlift war. Ihre Gedanken waren bei der Wiese vor dem ‚Friedberg'. Dort erschien ihr im Traum Patrizia, die auffiel durch ihr Lächeln, wie zu ihrer Lebenszeit, die durch ein langes Warten auf Wolfgang geprägt war.
Dann sagte Frau Kuhn, was man vor dem Antritt eines Kurses so sagt:
„Viel Glück! Vergessen Sie für eine Woche die Sorgen im ‚Friedberg'!"

20

Einige bemerkten ihre Abwesenheit, andere nicht.
Sie kam gestärkt zurück. In Diskussionen und Begegnungen kam im Kurs Neues auf sie zu. Sie lernte eine andere Welt kennen, eine theoretische, in welcher der älterwerdende Mensch im Mittelpunkt der Betrachtungen stand. Jetzt war wieder Praxis angesagt.
Die Sinne waren gefordert. Geduldiges Zuhören, auch Anhören unnützer Aussagen. Beobachten, Hilfe reichen, Rollstühle schieben, Windeln wechseln, Spaziergängerinnen begleiten, sich freuen mit den Fröhlichen, staunen über das Begehren nach geistigen Dingen, trauern mit den Weinenden. Neid vermeiden. Handlungen Verwirrter ertragen. Die Gefahr des Versagens ist immer vorhanden.
Kaum hatte sie die Arbeit begonnen, erreichte sie ein Anruf der Leiterin.
„Frau Moser, kommen Sie in der Pause ins Büro. Ich orientiere Sie, was während der letzten Woche geschehen ist."

Noch auf dem Weg zum Büro hatte sie keine Ahnung, was auf sie zukommen würde. Durch das Fenster sah sie die offene Wiese, wo Patrizia ihr im Traume erschienen war. Ein Bild aus dem Traum der Nacht, etwas verwischt, dennoch bekam diese Stelle jetzt eine Bedeutung, die sie nicht verdiente. Zwischen ihr und dem Ort entstand eine Beziehung, in der sich Erinnerungen an das Geschehen um Wolfgang verbargen. Erinnerungen, die sie längst vergessen müsste. Das Bild von dieser Wiese verschwand rasch wieder, als sie dem Büro näher kam.
Frau Kuhn verkündete die Neuigkeit.
„Wolfgang war hier!"
„Wer?" sagte Melanie Moser, obwohl sie genau wusste, wer das war.

„Wolfgang, der Sohn von Patrizia Marty. Fünf Tage hatte er sich im Dorfe aufgehalten."

„Wo ist er jetzt?"
„Er ist abgereist."
„Wer kann das verstehen! Erzählen Sie weiter!"
Die Leiterin klärte auf:
„Ich bekam einen Anruf von einem Beamten der Gemeinde, von Herrn Jecker, mit dem Sie auch schon Kontakt hatten. Er sagte mir, bei ihm sei ein Behinderter mit einer Begleitperson vorstellig geworden. Er sei der Sohn von Frau Marty. Die Überprüfung der Fakten ergab, dass dieser Mann tatsächlich der seit langem Verschollene war. Er hatte rechtsgültige Ausweise. Er reiste nicht allein. Ein junger Mann, der Olaf Björn hiess, begleitete ihn. Wolfgang nahm zur Kenntnis, dass seine Mutter verstorben war und er einen ansehnlichen Betrag erben kann. In der ersten Nacht logierten beide im Pfarrhaus, in den folgenden Tagen bis zur Abreise belegten sie ein Luxus-Zimmer im Hotel ‚Engel'."
„Wie sah er aus?"
„Am letzten Tag vor seiner Abreise kam er im ‚Friedberg' vorbei. Er wollte sehen, wo seine Mutter die letzten Tage verbrachte. Sein Begleiter war auch dabei."
„Und?"

„Wolfgang war gehbehindert und stützte sich auf zwei Stöcken. Er trug einen Bart. An seiner Stirne sah ich eine Narbe. Auffällig war die furchige Haut an der rechten Gesichtshälfte. Ein Fremder, der aus einer andern Welt kam, ein Mann mit Geheimnissen. Die Augen erinnerten mich an die Augen seiner Mutter."
„Warum meldete er sich nie?"
„Das verriet er nicht. Näheres erfuhr ich Stunden später von Jecker."
„Was sagte dieser?"
„Wolfgang hätte einen Unfall erlitten. Lange habe er kuren müssen. Er habe einen guten Menschen getroffen, einen

Förster und Naturheiler, Herrn Björn, der ihm zu einer Arbeit verhalf. Mit ihm und später auch mit seinem Sohn Olaf verbrachte er die Jahre in einer Gegend mit Wäldern und kleinen Seen. In vielen Übungen habe der durch einen Unfall Geschädigte die körperlichen und geistigen Kräfte teilweise zurückgewonnen. Der Unfall schwächte seine Gedächtniskraft. Ein Beamter der Fremdenpolizei fand im dritten Jahr seines Aufenthalts dank eines Hinweises heraus, wer er war, unterliess es aber, die Identität weiterzuleiten. Wolfgang hätte die Reise nie allein antreten können. Olaf Björn, der Sohn, war der Reiseführer."

Frau Kuhn atmete tief, als wäre das Gesagte etwas Unangenehmes und Belastendes. Sie fuhr fort:
„Ich sage das Gehörte. Jecker bekam über Wolfgang mehr zu wissen. Er traf die beiden jeden Tag. Er sagte, Wolfgang sei auf Olafs Hilfe angewiesen. Wenn Jecker nach der Vergangenheit fragte, war Wolfgang nicht in der Lage, klare Auskunft zu geben. Sein Gedächtnis hatte grosse Lücken. Olaf half mit, dunkle Flecken aufzuhellen. Auf Anraten des Vaters begleitete er den Schweizer. Der Junge reiste nicht ungern mit seinem Schützling. Jecker sagte, was er alles zu hören bekommen habe, sei dazu bestimmt, das Bild über einen Menschen eher zu verdunkeln als zu erhellen."
Melanie hörte aufmerksam zu. Dann sagte sie:
"Ich muss mit Jecker reden."
„Genügt das nicht, was ich gesagt habe?"
Sie spürte wieder die sträfliche Neugier, über einen andern mehr wissen zu wollen, obwohl sie ihre Unfähigkeit ahnte, je das Geheimnis eines andern aufzudecken.
„Hab ich richtig gehört, Olafs Vater riet seinem Sohn, den behinderten Wolfgang in seine Heimat zu begleiten."
„So war es. Die Gründe, welche zu diesem Ratschlag führten, sind mir unbekannt."
Auf dem Wege zu Jecker hatte Schwester Melanie plötzlich Bedenken über ihr Vorgehen.
„Ich muss zurückkehren," sagte sie.

Sie wusste schon vieles, genügte das nicht? Was nützte es, wenn Einzelheiten aufleuchteten und sie in keinen Zusammenhang einzugliedern waren?

Mitten auf der Strasse blieb sie stehen.

Jecker war ein Mann, der verschwiegen war. Erlag er der Versuchung, bei diesem besonderen Fall seine Verschwiegenheit zu brechen? Hatte er der Leiterin zu viel verraten? Gab es in der Wiedergabe des Gehörten Auslassungen, Hinzufügungen oder Ergänzungen, wie bei einem Legastheniker, der im Lesen und Schreiben Buchstaben auslässt, sie verwechselt oder die Wörter umkehrt, dass sie den Sinn verlieren?

Sie wollte nichts mehr über Wolfgangs Leben hören. Das war ein weiser Entschluss, sogar Cédric im Welschland verlor in ihrer Gedankenwelt seine Rolle. Es wird ein Geheimnis bleiben, warum Cédric diese Reise nach Norden wählte. Immerhin musste er ahnen, welche Wirkung seine Nachricht im ‚Friedberg' auslösen könnte.

Sie kehrte in ihre Wohnung zurück.

Melanie ging am nächsten Tag durch den hinteren Eingang des ‚Friedbergs', der in das Untergeschoss führte. Rechts des Korridors war die Kinderkrippe, bestimmt für die Kleinen der Angestellten, links ging es zur Wäscherei. Hier roch es auch heute nach Desinfizierungsmitteln. Ein Lift führte in die obere Etage, wo die Küche sich befand. Diese war so modern angelegt, dass im Korridor nie Gerüche aus Pfannen und Kesseln wahrgenommen wurden. Der Lift war alt und hatte eine eiserne, klappbare Türe. Kaum verliess sie den Lift im ersten Stock, kam ihr Schwester Claire entgegen.

„Frau Gratiani ist heute ruhig. Sie wurde während der ganzen Nacht betreut. Die Klagen über ihre Schmerzen verstummten."

Melanie schwieg. Sie sah Pater Placidus vom nahen Kloster. Er machte hier oft Krankenbesuche. Einige Patienten sagten, wenn er im ‚Friedberg' zu sehen sei, werde in den nächsten Tagen ein Zimmer frei.

Ein sonniger Tag.
Um halb zwölf die dumpfen Schläge der Kirchenglocke. Mittagszeit. Die Türen der Zimmer öffneten sich. Das Sonnenlicht drang durch die Fenster auf die Bodenfläche des Foyers. Schattenfiguren bewegten sich langsam dem Essraum zu. Heute war es während des Essens besonders still. Ein Stuhl blieb leer, das fiel auf. Melanie Moser hatte vergessen, Gratianis Stuhl rechtzeitig zu entfernen.

Ende

Autor

Martin Hotz
1930, von Baar, wohnhaft in Zürich. Ausbildung zum Primarlehrer,
Lehrtätigkeit an der Volksschule in Zürich   1956-1991
Verfasser von Erzählungen und Romanen, z.T. unveröffentlicht.

Erschienen im Eigenverlag: Satz: zengarten.com. Meilen
Viola und die goldene Halskette, Kriminalroman 1. und 2. Auflage 2013
Der Mann, der im Schnee versank. Flüchtlingsroman. 1. und 2. Auflage 201

Herstellung und Verlag:
BoD - Books on Demand, Norderstedt

ISBN 978-3-7357-0343-9